Diego Luzardo

El vaivén del amor

Amarse no es un delito

Ni es suficiente

Cabimas / Venezuela

2018

Samira, recuerda que me debes un orgasmo.

Nely Alizo. Gracias. Me formaste para ser grande.

César Luzardo. Un día me preguntaste qué estaba haciendo, al responder que escribía una novela, acercaste una silla y me escuchaste.

Diobeth, Leobeth, Diego Jesús, Manuel, Isabella, Willyelis, Reiger y Carlos Eduardo marcaron mi vida para siempre con su sonrisa inocente.

Auris Torcatez. Una hermosa mujer con capacidad para transformar mi vida.

Prólogo

El vaivén del amor recrea la vida de varios personajes, quienes, a través del libro, cuentan su experiencia en el amor y en las relaciones, haciendo hincapié en las razones o causas de sus fracasos.

El licor se presenta como un protagonista más, porque anima a los personajes a contar los detalles más íntimos de sus encuentros sexuales.

Amor, odio, deseo, sexo, tentaciones y sentimientos encontrados, forman parte de esta historia. Convergiendo en un desenlace fatal.

Es de aclarar que Diego Luzardo, aprovecha su narrativa para definir sentimientos y comportamientos: el amor, el deseo, la felicidad, la seducción y nos muestra una energía superior que mueve todo como el amor de Dios; reflexionando sobre una fe y una paz que sólo, con la madurez espiritual, se puede alcanzar.

Afirmaciones como "el amor es el entendimiento entre el pensamiento y el ser que se materializa con obras y no con sentimientos". "El juego de la seducción es una constante entre los seres humanos: La mujer busca emociones, el hombre aventuras". "Ambas rompen la seguridad, la monotonía, por eso gusta tanto", y nos permite reafirmar que debemos identificar, de mejor forma nuestras emociones, detallando lo imperioso que es cuidar la armonía de las relaciones. "Si permites que alguien que te gusta se acerque, no podrás librarte del pecado". ¿Dónde se encuentra la felicidad? Una pregunta que te invita a indagar en tus pensamientos, a profundizar en esa lucha épica entre la razón y los sentimientos.

"No siempre el que ama, es amado". ¿Nos hemos preguntado alguna vez, si realmente sabemos qué es el amor?

Una trama de odio y deseo que se complementan con el éxtasis del sexo. Una plenitud máxima al llegar al orgasmo bien concebido.

Finalmente, con una excelente narrativa que describe los más íntimos pormenores de las relaciones afectivas y sexuales que viven los personajes; el autor nos sumerge en su mundo, afirmando que "la vida no es más que un viaje, un camino que se debe recorrer con alguien especial, que llene tu vida de locura, pasión y momentos absurdos que solo sean de los dos".

Dr. Jorge F. Vidovic
Coordinador del
Fondo Editorial
De la UNERMB

– ¿Alguna vez has llorado por no tener alguien a tu lado?
– pregunta Clara –.

– Un día me desperté triste por estar sola, a la semana
siguiente, empecé a enamorarme de Tony: ojos brillantes y
sonrisa contagiosa que me encantan – contesto Cristina –.

– ¿Y tú Andrés? – preguntan casi en coro ambas –.

– ¿Amar a alguien que no te permita vivir o volar libremente,
aferrarte a algo que no va a cambiar? ¿para qué?, – contesto
Andrés –.

En la hermosa ciudad de Viena escucho a mis amigos hablar
de amor, romance y fracasos.

Junto a nosotros una botella de Vodka y la necesidad de
contar mi historia, desnudar mi vida y llorar.

Es la mañana del cinco de octubre cuando conozco a
Axel: blanco, ojos negros y mirada profunda. Ya casada, con
un matrimonio sin amor desde el comienzo que perturba mi
vida, queriendo terminar con todo esto, pero la verdad no sé
cómo. En mi vida rudimentaria, mantengo un circulo

repetitivo constante: trabajo–casa–trabajo, encuentro de nuevo una persona que, con solo verla, transforma mis latidos y pensamientos.

Nos vemos frecuentemente en el trabajo, cada vez más mensajes de él llegan a mi teléfono móvil, empieza a convertirse en motivo de mis sueños nocturnos y discusiones con mi esposo.

Vivo días muy difíciles que conllevaran a una separación esperada. Axel, siempre atento, trata de ayudarme con su presencia.

Comenzamos a salir libremente, cada vez más seguido y, sobre todo, sintiendo cosas de amor que son difíciles de explicar. Nos acoplamos rápidamente, bailamos como si lo estuviésemos haciendo solos, las piernas se mueven automáticamente, parece que lleváramos años practicando.

Su mirada hacia mí es perturbadora, sexy, pasional y excitante.

Vamos juntos a todos lados, trabajamos en el mismo lugar, así que la frecuencia con la que nos vemos es bastante. Crece un bonito sentimiento, combinado con una necesidad sutil y exquisita de tener sexo.

Finalmente me separo de mi esposo —nada fácil— días de tormento emocional.

Axel y yo comenzamos a ir juntos a fiestas familiares, rápidamente nos damos cuenta de que somos celosos, que nos enferma pensar en separarnos, pero no le hacemos caso a la situación y tratamos de pasarla bien. Su madre, una mujer correcta, es incapaz de dejarme quedar en el cuarto de

Axel a pasar la noche. Espero sola, sentada en un espacio reducido hasta que ella se duerme, él abre la puerta con cuidado, sus señas alertan mi mirada y entro a su cuarto.

Pasamos una noche grandiosa, con indescriptible sexo armonioso, pasional y muchas veces brusco, que me hicieron sentir afortunadamente plena.

Espero que su familia se descuide, él está pendiente de todo y me invita a salir de la casa por la puerta de atrás, nadie nos ve, caminamos por la calle abrazados como si no quisiéramos despegarnos.

Nuevamente en el trabajo me sorprende con el desayuno, hablamos, y las personas se dan cuenta de inmediato el significado de nuestras miradas.

Trata de explicarme que tiene un hijo al que ama, que vive en otra ciudad. Jamás pensé estar en esta situación, pero es parte de su pasado, de su presente y es algo que debo entender.

Pienso que todas las personas estamos hechas de trozos de la vida, pequeños pedazos que bien o mal nos han llenado de experiencia para tomar decisiones y siempre hay algo por aprender.

>> No debemos criticar a la vida, porque ella nos sorprende a cada instante, somos nosotros los que aún no aprendemos a decir no a algunos actos y a las tentaciones.

"Al tomar una decisión hay que seguir adelante y enfrentar las consecuencias". Llega un mensaje de texto y cierro el libro que estoy leyendo, Axel quiere que nos veamos. Mientras me baño, me veo al espejo desnuda y lo recuerdo. Un taxi está afuera esperándome, termino el maquillaje, ajusto la ropa y salgo.

Él y yo vamos hasta el canal del Danubio, un lugar perfecto para relajarnos. Viena, la hermosa capital de Austria que hechiza a cualquiera con sus bailes románticos, nos envuelve con sus delicias culinarias tradicionales y palacios famosos. Uno de ellos el Palacio Imperial, hasta 1918 sede del Emperador de Austria.

Después de caminar a orillas del Danubio, gran y maravilloso río, visitamos ese palacio cuyas partes más antiguas datan del siglo XIII.

Caminamos tomados de las manos por la calle InderBug hasta entrar al gran palacio, visitamos el café Hofburg donde nos sentimos libres.

— Esta noche espero poder soñar contigo, pero, sino lo hago, recordare nuestros momentos y pensare en el amor — me dice Axel —.

— He estado dándole vueltas al asunto y creo que no todo lo que se necesita en una relación es amor. La humildad, respeto, el compromiso a seguir un camino juntos también son importantes — respondí—.

— ¿Qué te llevo a terminar tu relación anterior? — dijo Axel, sorprendiéndome con la pregunta —.

– Respondí que, desde hace mucho tiempo cuando nos conocimos Anthony y yo, estaba muy dolida por la relación que llevaba con mi pareja y la pérdida de mi madre, quise esperar antes de comenzar una nueva, por lo que la literatura afirma, eso de "cerrar ciclos antes de abrir otros". Pero él no desistió de su conquista, al final deje mi relación y tomamos la decisión de estar juntos. Después de unos meses fue a vivir a mi apartamento.

Tratamos de que todo saliera bien, parecía que lo estuviese llegando a querer y él permanecía sin mostrar señales de amor.

Después de un tiempo, simplemente se alejó sin dar explicaciones, solo se fue. Sufrí por días y martiricé mi vida tratando de buscar culpables: él, yo, una tercera persona quizás.

Primero lo culpe a él, era inmaduro y totalmente indeciso. Luego me culpe a mí por no haber hecho que me amara, por lo menos un poco.

Pasaron los días y el sufrimiento era menos, el trabajo y mis ganas de surgir me permitieron levantarme, secar mis lágrimas y continuar con mi vida.

Meses después él estaba de vuelta, pedía retornar la relación, alegaba haber tomado decisiones equivocadas. Pensé en todo lo que sufrí, pero lo amaba y decidí creer en él, demostrándole mi cariño quizás podría hacerle ver que era importante luchar por la relación. Basto poco tiempo para comprender que ahora quien se había equivocado era yo. Amarlo no era suficiente, su mirada no reflejaba el más mínimo interés, no había ni pequeños gestos de amor, mucho menos pasión. Las profundidades de un amor bonito, complementario, estaban solo en mi mente.

Por cualquier cosa él desaparecía y yo lo buscaba, era como un mago, aparecía en el momento justo antes de olvidarlo. Perdonarlo, muchas veces fue motivado por los problemas económicos, y, en esas malditas profundidades de amor efímero lo aceptaba.

Sabes, no había autorrespeto, no podía Entender que, si yo no me quería, quién lo iba hacer. Cuando llevas amigos a tu casa e impartes desorden, ellos no sentirán el más mínimo respeto por tus cosas, así es el amor, así son las relaciones. Debemos juntar valores como el respeto, la honestidad, y mostrarlos para crear buenos hábitos.

Al conocerte te confieso que tuve más ánimo para alejarme de aquella persona, pero no más valor, ya eso lo tenía. Estaba decidida.

Afrontar la realidad de una relación vacía, insípida, fue lo que me inspiro a terminarla y darme una nueva oportunidad.

– ¿Crees que eso pase con nosotros?, no esperamos mucho tiempo para estar juntos – dijo Axel –.

– Espero que no, estoy más clara y segura de mis sentimientos – respondí –.

Salimos del café y vivimos una situación irregular, de nuevo los celos estaban en nuestras vidas. Una llamada telefónica de mi ex – que por supuesto no conteste – aunque no sé si fue la mejor decisión, porque la cara de Axel, su mirada y sus expresiones cambiaron inmediatamente y el cortejo de amor desapareció.

La discusión comenzó y se prolongó más y más, hasta el momento desesperado de tomar un taxi, dejarlo sólo en la calle e irme.

>> Si me hubieran enseñado a ser asertiva en el amor muchas cosas en mi vida no habrían pasado, no hubiese permitido que el mismo me consumiera.

Mientras más avanzada esta la hora, más llamadas y mensajes entran a mi teléfono móvil, pero sólo quiero dormir y olvidar.

Pocos días después volví a verlo, lo perdoné con la ligera esperanza de que aquello no se repitiera, pero nuevamente estuve equivocada. Otra vez volvieron las mismas situaciones de irreconocibles celos, blasfemias y disgustos.

>> He pensado seriamente en estar sola en dejar de luchar por el amor.

– Un viaje a Marbella nos haría bien – comento Axel en las ya rudimentarias disculpas –.

Acepto, pensando que todo puede cambiar, aunque sé, que si todo mejora, no podremos estar viajando para siempre.

Al sur de España, una ciudad situada a orillas del Mediterráneo, entre Málaga y el estrecho de Gibraltar nos muestra sus picos más altos que en ciertas ocasiones aparecen cubiertos de nieve.

– Trato de reflexionar sobre lo que ha pasado, creo que el mensaje que queremos transmitir no coincide con lo que interpretamos, – dice Axel al sentarnos y contemplar aquel maravilloso paisaje –.

– Quizás los problemas vengan de ahí – respondo –. Manifestar nuestro amor en actos positivos es lo que debemos hacer.

– Debemos olvidar que el amor todo lo puede – agregó él –. Creo que mis celos quieren mostrarte que me importas y que no quiero perderte, pero tú los interpretas como desconfianza.

– Yo pretendo con mis gestos que sepas que te amo, que espero más de ti, no eres adivino, pero deberías darte cuenta, he intentado varias veces comunicarte lo que me pasa – le dije –. Siento que tu comportamiento no demuestra respeto por lo que siento, no pretendo acusarte, solo te pido que respondas a mis preguntas, que aclaremos dudas, resolvamos los conflictos. Critico lo que haces, porque de verdad no me gusta, quisiera que enfocaras las energías que usas en los celos en ser más atento, dejar los insultos y acusaciones.

Que notes mi descontento, quiero saber que me escuchas y que te des cuenta de que pedir disculpas cuando te has equivocado no es suficiente para mí.

En la vida el amor es importante, muchas veces le hacemos más caso que a la razón, pero nos vuelve locos, altera nuestra vida, sin la seguridad de que será para siempre, de que será para bien.

Alimentarlo es parte fundamental en la relación, pero todo eso parece ficción, cuando estamos felices alabamos aquello que sentimos y de nuevo dejamos de lado la razón, y si llegan tormentas que nos desilusionan fuertemente, nos damos cuenta de que no siempre quien ama, es amado.
¿Qué podríamos hacer para escapar dignamente?

El amor no es suficiente, para nada lo es. Un ingrediente que ansían muchos y que crea confusión es el amor pasional. No hay cosa más estúpida. El deseo, aunque debe perdurar, no hace que se mantenga una relación, es momentáneo, breve. Ser flexible y tener madurez emocional, mantener una comunicación armoniosa, ausentan el deseo de pedir al otro que cambie. Justificar las faltas, diciendo te amo, absurdo y egoísta. La otra persona espera sinceridad que fluye de la confianza, que crea una verdad absoluta y oportuna.

>> ¿Qué nos hace falta entonces, por qué no funciona mi vida en pareja? – me pregunto a mí misma –.

Él sigue callado, ignorándome o profundizando muy bien mis palabras.

De regreso a nuestra vida, las horas laborales aumentan en tensión, los problemas hacen más tedioso el trabajo, y aunque quiero arreglar todo, no puedo dejar de recordar lo que ha pasado — el viaje ha sido en vano —.

Sin embargo, los días pasan, todo se ha vuelto trivial, pero hay momentos de armonía, nuestro sexo permite que la relación aún sea excitante — estamos cayendo en el amor pasional estúpido, el deseo funge como salvavidas —. Detalles que llegan de sorpresa me hacen sentir y recordar que el amor existe y que tal vez debemos luchar por él, pero solo tal vez.

Una invitación a la unión matrimonial de unos amigos nos motiva a salir la noche de este viernes tres de noviembre. Axel, un bailarín nato con grandes dotes de conquistador se desliza por toda la pista de baile con varias amigas. Yo lo celo, pero no digo nada y permito que él disfrute. Una invitación a bailar de un amigo llega en un momento, la rechazo y lo espero a él.

Se acerca, toma mi mano y recuerdo que hace tiempo no sentía la libertad que se da cuando bailas con alguien que sigue muy bien tus pasos.

Antes de terminar la noche, todo cambia, se ha pasado de tragos y abalanzado con una amiga a la piscina, sus ropas quedan empapadas.

Me molesto, él sonríe y todos deciden lanzarse también. Fotos y brindis, de pronto su aspecto se transforma, se ha vuelto desconcertado, me pide irnos y no acepto, al rechazarlo se vuelve loco, pero yo no quiero irme con él en ese estado. Su conducta llega al extremo de querer golpearme, los amigos lo detienen, alguien me ofrece llevarme a mi casa. Sus celos lo cambian en un segundo y hasta ahí mi amor soporta su presencia. – Apagare el teléfono móvil por varios días, en nuestro trabajo lo evitare a toda costa –.

Mis amigas – a quienes Axel odia – toman la iniciativa de invitarme a salir, un nuevo sitio será inaugurado y asistiremos con ropa elegante.

Mucha gente y personas importantes, conozco alguien que despierta mi interés, su nombre es Daniels, conversamos toda la noche y el baile de una canción se extiende a dos y tres.

Al amanecer enciendo mi teléfono móvil, recuerdo que le di el número a Daniels la noche anterior.

Borro el buzón de entrada librándome un poco del pasado, sé que amo a Axel, pero su comportamiento no me permite ser feliz.

>> Las discusiones frecuentes solo hacen que en tu memoria se incruste la idea de que, de un momento a otro, todo va a terminar y por eso haces cosas estúpidas.

Daniels me invita almorzar, acepto y visitamos varios lugares después de la comida.

– Eres una mujer encantadora – dice –.

– Gracias – respondo intimidada –.

– Quiero conocer más de ti, de tu vida.

– ¿Qué te gustaría saber? – le digo ruborizada –.

– Quiero saber si estás sola, me gustas lo suficiente como para pedirte que vuelvas a salir conmigo, quiero compartir más.

Casi tartamudeando, le digo que sí. No sé qué me pasa con este hombre, mis nervios me traicionan a cada instante, incluso le negué la existencia de Axel, no soy capaz de controlarlos y él se da cuenta, nos despedimos y un beso repentino nos une.

Pocos días después recibo su llamada telefónica, esta vez más directo invitándome a su casa.

Inmediatamente al colgar le escribo a Clara lo que me ha propuesto Daniels, ella grita de emoción como si no pudiera oírla a través de la bocina del móvil.

– Violeta, claro que tienes que ir, llévate una hermosa mini falta y botas altas de cuero – dice Clara con tono extraño –.

– ¿Te parece? – pregunto un poco desconcertada –.

— Sí, déjalo que te observe de arriba hasta abajo, que dibuje en su mente tu silueta y se imagine lo que pueda estar escondido detrás de la ropa.

Cierro los ojos, me imagino la situación y el momento. Vuelvo en sí y le pido que venga a mi casa corriendo y me ayude a vestir.

Llego a casa de Daniels, él está esperándome. Me doy cuenta de que vive sólo, es una casa pequeña con decoración varonil y desorden a la vista.

Un sillón, música y tragos. Una pregunta tras otra aflora nuestro pasado, nuestro presente y las piernas siguen temblándome. Con su mirada desnudando mi cuerpo detalladamente, gritando con ella cuanto me desea comienzo a sentir una enorme necesidad de entregarme.

Él, tan seguro de sí mismo y ansioso por tenerme se acerca y con gran sutileza dejo que sus manos dibujen mi figura, en un beso que no acaba, su respiración y la mía se aceleran sintiendo el frenesí del momento.

Con su lengua en mi garganta y sus manos quitándome la ropa, comienzo a descubrir un volcán de emociones, mi vagina húmeda no cesa de mojarse cada vez más, mis senos siempre tan sensibles se endurecen con el contacto de su piel, con la palma de su mano acariciándome y su lengua recorriendo mi cuello, comienzo a estremecerme totalmente.

Esas caricias me hacen volar a tal punto que mis gemidos se intensifican cada vez más haciéndole saber el profundo deseo de sentirlo dentro de mí. Desnudos, con mis manos acariciando toda su piel, mi lengua recorre todo su pene. Él, entiende el lenguaje de mi cuerpo, hay tanta sincronía que no pienso, solo siento y vivo el momento de pasión a su lado. Su miembro penetró en mí, haciéndome suya, excitada y extasiada con cada movimiento de su cadera, mis gemidos son incontrolables y los de él me permiten disfrutar intensamente y sin límites la entrega de mujer. Comienzo a sentir una explosión dentro de mí.

Es formidable, el anhelado orgasmo se apodera de mi ser y para mi sorpresa, descubro en mi interior las pulsaciones de su pene, tan fuertes como los latidos de su corazón; mirándolo a los ojos, lo veo deleitado y me siento plena. Disfrutamos con una conexión indescriptible el final de ese momento, en el que nuestros cuerpos, increíblemente sincronizados, culminaron ese encuentro íntimo.

Dos días después estoy sentada en el jacuzzi de mi sala de baño recordando cada detalle de lo que paso esa noche.

>> Una entrega total, todo mi cuerpo fue de él.

Ya acostada en la cama, sigo humedeciéndome sólo con recordar, el reloj suena, no me di cuenta cuando paso la noche y llego el día. Salgo rápidamente al trabajo y Axel está esperándome para hablar, pero yo no puedo verlo a los ojos, no por ahora. Lo esquivo y me reúno con Clara por la noche, necesito platicar con alguien o mi mente va a explotar.

– En el jardín del Edén un hombre y una mujer lo tenían todo, sólo una cosa se les prohibió, no comerían de la fruta que da el conocimiento de lo que es bueno y lo que no lo es. La mujer come y da una parte a su marido, ambos son expulsados debido a su tentación. Dice Dios todopoderoso a la mujer: "Siempre te hará falta un hombre y él te dominará".

Una gran duda recae en mi mente mientras escucho esto en la iglesia, el padre continúa citando a Dios: "Ahora el hombre es como uno de nosotros".

>> ¿Qué quiso decir?

¿La raza humana está condenada a los límites del bien y del mal? – pienso mientras hago una mueca –. ¿Con quién hablaba Dios? ¿Acaso hay otros Dioses? ¿La fruta prohibida sería el sexo? ¿He hecho bien o mal al acostarme con Daniels?

No sirve de nada fingir que no paso, ¿debemos creer que era nuestro destino o el destino lo creamos nosotros? ¿cuándo terminara el combate entre el bien y el mal?

>> Este último siempre anda buscando un alma para poner a prueba.

¿Por qué Dios le hiso eso a Job? – me pregunte después de escuchar al padre terminar la historia –.

¿Ésta será una nueva frustración, otro sueño de amor?, creo que he perdido el horizonte de mi vida. ¿Qué hare con Axel? Muchas veces estando con él siento que ignora mi presencia.

>> El mundo está lleno de promesas: amor, dinero, vida eterna.

¿Por qué muchas personas las hacen y otras las aceptamos sin considerarlas? A muchas personas nos cuesta aceptar la realidad y por eso nos vemos obligados a creer en mentiras. Nos entusiasma cualquier propósito real o imaginario que signifique una pequeña posibilidad de ser felices. Nos encontramos con personas que intentan seducirnos de una manera fantasiosa.

>> Desgraciadamente – nos gusta –.

La cantidad de amor que nos ofrecen nos hacen pensar, nos da pánico y al mismo tiempo confusión.

>> ¿Por qué Eva no se conformaría con lo que tenía? ¿y si empiezo a no creer en promesas? existirá la posibilidad de que las personas pierdan el interés en mí y se marchen, qué hare cuando sea yo quien provoque el encuentro soñando con un nuevo amor, con la ligera esperanza de una oportunidad adecuada. He llegado a la conclusión fielmente que el amor es sinónimo de comportamiento, el amor se funda en la voluntad, muchas personas usan erradamente esta palabra para describir sentimientos, el amor es control, yo puedo controlar mi comportamiento, pero no mis sentimientos.

Amarse no es suficiente, debo ser paciente, honrada y respetuosa. James C. Hunter nos recordó que cuando Jesús hablo de amor se refirió a que tenemos que comportarnos bien con la gente, hablaba del amor del comportamiento y no de los sentimientos, porque hay personas malas a las cuales no podemos querer, pero si podemos elegir ser buenos con ellos, el amor también es cuestión de tiempo.

Una revelación sorprendente llega a mi mente: Dios quizás puso al hombre como superior a nosotras al afirmar que "él nos dominara" por eso ellos sienten ese extraño placer al verse como machos Alfa, y no se dan cuenta que muchas veces nosotras somos quienes ejercemos la dominación.

Pero ahora ¿qué comportamiento debo adoptar en mi vida? Esta es una determinada verdad que busco desde hace tiempo, evitar las acciones de Eva, la tentación, el placer mal concebido, saber lo bueno y lo malo que da esencia al ser humano.

En mis oraciones pido a Dios ser perdonada por las equivocadas decisiones que tome en importantes momentos. Otra noche hundida en mis pensamientos, las horas pasan y yo sigo sin aclarar mi mente. Tengo la necesidad de encontrar mi camino en la vida, voy en busca de lo extraordinario, aunque todo me parezca irreal. Al intentar comprender el mundo, he sido engañada, la búsqueda de amor tal vez llegue a ser algo sin sentido o lógica.

>> Sinceridad.

Es lo que necesito sobre todo conmigo misma. Siempre pienso que finalmente voy a descubrir la verdad en todas esas historias de personas que prometen amor donde existe atracción, o de las personas que dicen que no existen elegidos en el amor que nos lleva hasta Dios.

La considerable estabilidad emocional quizás no sea más que un sueño infantil imposible de realizar. Sigo inmersa en todo esto, intentando dar un paso hacia mi destino, muchas veces soñado. Con el alma desnuda comenzare a guiarme yo misma con toda solemnidad, con gran importancia, recordando las pruebas por las que he pasado.

Visible la necesidad de hacer el bien, de no esconder más de lo que soy capaz, de luchar por conseguir aquello que me hará feliz en una hora determinada, en algún punto de los confines de la tierra.

Eludir este tema y no tomar una decisión evitaría que me descubriese a mí misma. Suena el teléfono, Axel quiere verme, respondo que almorzaremos mañana, él confirma y elige el lugar.

En el distrito más famoso de Viena, los bulevares peatonales guían al visitante a monumentos como la Ópera Estatal, la emblemática Catedral de San Esteban de Viena, entre otras maravillas que destacan arte, arquitectura y modernismo.

Llegamos al Hotel Sacher Wien, yo estaba a un paso de colapsar en nervios, debía contarle lo que paso con Daniels, pero ¿cómo?, cuál sería su reacción.

Para sumarle estrés al momento, Axel comenzó hablando sobre consejos para una buena relación de pareja.

– Existen aspectos fundamentales para mantener estable y en crecimiento una relación de pareja – afirmo –.

Él decía que, uno de ellos es la atracción física, es cuando encontramos en esa persona características que te resultan atractivas a ti. No es necesario que esa persona cumpla con estereotipos sociales, simplemente eso, que posee ella o él, son agradables a tu gusto.

>> Creo que se estuvo preparando, (yo sólo quiero salir corriendo de aquí). Respiro profundo, me decidí a contarle todo y lo tengo que hacer.

— La atracción intelectual y la afectiva te permiten entender temas en común, poder conversar libremente sin miedo al rechazo, con pequeñas discusiones no cotidianas — le respondí —.

>> ¿Atracción intelectual y afectiva? — que rayos estaba diciendo —.

— Saber que esa persona siente cariño hacia ti, te respeta, y gana tu confianza emocional — continuaba él — sabe cómo escucharte y es empático, trata de entenderte, te permite tener tu espacio y respeta tus gustos y creencias, esa debería ser la pareja ideal.

>> No podía contarle nada, no tenía el valor de hacerlo. Tenía que seguir el juego de palabras.

— Sabes Axel, la pareja ideal jamás debe aferrarse a la negatividad, creo que la palabra "no", está siempre cargada de poder, es fácil decirla, pero al repetirla cotidianamente pierde fuerza. Al usarla constantemente somos propensos a la desobediencia. Los celos causan ese lenguaje negativo que instauramos de prohibición, no es para nada constructivo en una relación porque no se brindan alternativas para satisfacer una necesidad de forma sana. Lo que se prohíbe crea morbo — exclame en voz alta —.

Y tus celos crean precisamente eso que exhausta nuestra relación, de hecho, existen ciertos problemas relacionados con la salud mental pero no son aceptados por la sociedad. (Ahora yo lo estaba culpando).

>> Proseguí con la idea.

Esos trastornos ocurren en torno a problemas de mucha frecuencia que afectan otros aspectos de la salud. Muchas veces son otras personas las que lo notan y no nosotros.

— ¿Dices que tengo un problema mental, que soy inseguro? —Pregunta Axel —.

— Pienso que en tus relaciones dependes mucho de la otra persona y esto crea un impacto negativo, viene de la infancia de la sobreprotección, que no permite el desarrollo de la personalidad, por lo tanto, al llegar a la edad adulta la inseguridad se hace notable, algunas personas se sienten que son inferiores y viven en la extrema búsqueda de la aprobación.

– ¡Dejare de celarte! – dijo –.

– Eso lleva tiempo – respondí –.

Salimos del Hotel, me llevo a mi casa y no le permití quedarse, no tuve el valor de confesar. No comprendo realmente por qué no pude decírselo, me hubiese librado de este peso.

Horas más tarde me comunique con Clara, quedamos de vernos en su casa.

– Existen muchas razones por las cuales las parejas pueden separarse sino aprenden a manejar ciertas situaciones – le comenté a Clara mientras me acomodaba en el sofá y degustaba unas uvas –.

– Para disfrutar a fondo la relación y vivir mejor debemos evitar el deterioro de esta, con armonía en la pareja, con conocimientos acerca del funcionamiento de las emociones y las herramientas para resolver conflictos – respondió ella mientras se aplicaba una crema –

– ¡Resolver los conflictos! – Afirme con gran euforia –. Me gustan esas palabras. Debemos aceptar que poseemos diferentes intereses, que pueden resolverse con un dialogo con cierto equilibrio emocional, guiando a la pareja a una solución pacífica. Debemos priorizar la relación ante la particular posición de uno u otro para encontrar el punto de inflexión que desvía nuestro horizonte y así preservar el sentimiento.

>> El resentimiento por los celos de Axel perturbaba mi amor por él, no lo culpo por mi infidelidad, pero cuando se sale de control entro en un estado de asfixia, cercena mi libertad.

>> Clara y yo seguimos hablando del vaivén del amor.
Las personas deberíamos tener autoconciencia, mantener los objetivos y metas de la pareja, evitar toda negatividad emocional que complique las relaciones. Las frustraciones deben llevarse a la conversación, la plática, para mejorar la situación con nuevas perspectivas. Afrontar las delicadas situaciones con control emocional – vital para conducir mal manejadas situaciones – en busca de alternativas que permitan accionar, presidir y avivar la armonía.

Debemos buscar factores de motivación para enlistar cosas positivas, hablar, escucharse, crear habilidades sociales para poder expresar sus miedos, cambiar de forma radical cualquier situación, y que esto nos permita encarar la vida y evitar conflictivos aspectos problemáticos que afectan la relación.

Convivir sin tener una plena sexualidad y peor aún sin hablarlo con la pareja crea una insatisfacción sexual entre ambos, hay que admitir y sincerarse cuando se tiene un problema de este tipo.

Inhibirse en este ámbito con eternos pensamientos paranoicos hasta caer en una comunicación negativa, o inexistente, pensando que se le haría daño a la otra persona, puede generar una crisis pasional y hundirse en el abismo de la sexualidad extramatrimonial. La mejor solución es expresar los sentimientos sin culpar o acusar, escuchar y comprender.

Una conducta ridícula al comenzar las relaciones es tratar de hacer lo que creemos que a nuestra pareja le gusta en busca de aprobación, engañándolo y engañándonos, mostrándole a él o ella lo que se piensa que desea, tratando de establecer una relación, complaciendo al otro, descubriéndose ya muy tarde en el matrimonio como seres desconocidos. Se busca enamorarse de virtudes de la pareja para luego darse cuenta de que éstas son las que nos llevan al desamor, al hombre puede gustarle una mujer independiente y luego darse cuenta de que la misma nunca está en el hogar. Tal vez debamos empezar por conocernos a profundidad, hablar de factores preocupantes, buscar la viabilidad de la relación, ser amigos de nuestras parejas, inspirar confianza, reconocer los estados de ánimos propios y ajenos.

Para muchos enamorarse es una enfermedad mental capaz de alterar la personalidad y transformar el sentido de la realidad. A mí me tiene confusa, perdida, intentando encontrarme conmigo misma.

Durante las tres noches siguientes nuestras discusiones han cambiado, ahora Axel parece un hombre experimentado, capaz de entender el valor de una buena amistad, con una nueva visión de la vida. Es amable, discreto, sin la intención de un romance pasajero, con mirada seductora y libidinosa.

La tormenta de celos – que iba y venía – ya no está. Ese ruido pavoroso producido por sus blasfemias e insultos, que me despertaban bañada en sudor, recordándome el combate entre el bien y el mal con pesadillas que no consigo recordar, ha ido desapareciendo.

Ahora se muestra honesto, cumplidor de sus deberes, respetado, pero no siempre ha sido así, mi mente lo sabe y no entiendo porque el recuerdo de Daniels me provoca pavor, es contraproducente con el cambio de Axel.

Me siento culpable, sucia, cobijando lo peor del género humano, la mujer que tentó al hombre a pecar cuando lo tenía todo. El viento que golpeaba las ventanas y sacudía las cortinas de mi habitación me hiso llorar esa noche. Al día siguiente me sorprendí al verlo, llevando una vida tan saludable y natural, le pedí que me llevara a pasar unos días lejos de lo moderno, buscando la fascinación absoluta que ejercen los campos, olvidando los problemas de la gran ciudad.

Viajamos a la selva amazónica de Brasil, un frio aire nocturno nos arropa, me dirijo a la ventana de la cabaña y contemplo la oscuridad bravía y los ruidos de animales, todo indica que estoy viva, con recuerdos de aspecto siniestro. Busco el valor para contar mi pecado, librarme de esta batalla.

Me dirijo a la cama, de pronto caigo en un sueño profundo, ya no hay ruidos sino silencio y soledad, mucho calor siente mi cuerpo, una sensación de culpa y temor eriza mi piel.

En el sueño, sentado en el techo como flotando veo a Daniels mirándome sin realizar movimiento alguno. Trato de contemplar mi cuerpo desnudo pensando que quizás en algún momento ya no resulte atractivo para los hombres, en ese momento siento una gran falta de compañía, un arrepentimiento que destroza mi alma. ¿Por qué en este preciso momento tengo tanto miedo? ¿existe la posibilidad de que aquello que he conseguido desaparezca para siempre? >> Mi impiedad, mi pecado, me siguen perturbando. Al verlo tan seguro, tan altivo, siento como si su enfermedad de celos incontrolados se hubiera apoderado de mí, pienso que Axel podría tener a otra persona y que por eso esta tan despreocupado o que mi cuerpo ya no le resulta encantador y ya no le importa. Él podrá tener otra persona y estar seguro de que si me pierde no estará solo, alguien lo esperará.

>> Pero ¿quién podría ser?

Ahora siento que me ha dejado de amar, que está aquí por costumbre tal vez, ya no me siento querida, no me siento deseada.

Decido en este tiempo buscar rastros de otra mujer en su teléfono móvil, veo una foto y lo despierto totalmente enloquecida. Avergonzada me sentí cuando me recordó que era su hermana.

No sé qué me está pasando, cuando por fin él se comporta como siempre he querido yo lo atormento con este mal sentimiento que está dentro de mí, pensar que ha estado con otra como yo estuve con Daniels me enloquece, él es mío, él ahora no puede ser de nadie más. Desde hace días ha estado pasando más tiempo con su hijo que conmigo, sé que es parte de su vida, pero me siento desplazada, me está quitando tiempo a mí.

Regresamos de viaje y no quiso quedarse en mi apartamento, dos de diez llamadas me contestó, miré el reloj y vi que era media noche, no podía estar más tiempo así. Llame un taxi y fui hasta su casa, sabía que encontraría algo. Y si, él estaba durmiendo tranquilamente solo. Después de ese día pase cuatro o cinco veces el mismo episodio, siempre estaba solo: escuchando música, pintando, durmiendo. En el trabajo siento que todas lo miran, que a todas les gustaba este hombre nuevo que es Axel.

Tengo que luchar contra esto, no soy una psicópata, nunca lo he sido. Siempre he luchado contra todo, pero me siento desgraciada, abandonada por Dios, arrastrando una amargura día tras día.

He llegado a un momento de crisis y espero que Dios me lleve de una vez a la madurez de la fe, me pregunto por qué documentos históricos son convertidos en una colección de leyes religiosas o máximos edificantes, quizás sea una alianza de él con la humanidad.

En el siglo XIII, Santo Tomas de Aquino sostenía que si por casualidad había todavía alguien que siguiera ignorando el mensaje cristiano, como sería por ejemplo alguien que hubiera pasado toda su vida en el fondo de un bosque, Dios no dejaría de mandarle un ángel para darle a conocer su palabra.

>> ¿Dónde estará mi ángel?

No lo sé, seguramente por ser opositora de conciencia me trataran como malhechora al insultar las creencias y vicios de este mundo pagano, quizás deba aislarme de la vida cómoda para buscar a Dios, con el propósito de conocer hasta los últimos rincones del corazón humano, no para buscar la transformación o divinización, porque se dice que, hasta las autoridades más altas, los Papas, se hundieron en los vicios del mundo.

Se fundaron iglesias opuestas apenas Lutero hubo traducido la Biblia, sus seguidores fundaron estas Iglesias seguros de conocer la verdad, desconociendo que la obra de Dios es salvar todo lo humano, dar testimonio de Cristo y entregar su Buena Nueva a los pobres, pero yo me detengo en la mediocridad inevitable de la mayoría de los creyentes.

Todos estos pensamientos me llevan a una nueva toma de conciencia, ojalá pueda conseguir esa confianza inquebrantable, una relación privilegiada caracterizada por la fidelidad a Dios. Ojalá, pueda disipar mis dudas sobre la existencia de un ser supremo, no visible, no palpable, de si las escrituras son palabras de Dios o palabras de los hombres o una combinación de ambos.

Quiero poseer una fe indefectible, vivir tal experiencia espiritual, crear una alianza, mantener un código de conducta personal, y, a la Buena del Padre, del Hijo y los que lo acompañan conseguir salvación, definitivamente estar reconciliada con Dios.

Tal vez soy una cobarde, utilizando esto para resolver mis conflictos, incapaz de afrontar ciertas decisiones, perseguida por el destino, con batallas ganadas y perdidas, en busca de un equilibrio peligrosamente descompensado.

La esencia del ser humano está en el bien y el mal, el segundo puede inundarte en una gran tristeza. No ser dueño de tus actos y comportarte de la manera que te exigen las mentiras: una lleva a la otra a justificar la verdad que no se puede decir.

Pero todos tenemos la posibilidad de elegir, el destino pudiese ser dulce con nosotros sin robarnos la esperanza, la paz, no veo otra alternativa. No se puede confundir honestidad con flaqueza, hay que transformar el miedo en valor, los susurros de aceptación en confianza, conocer la naturaleza humana evitando el miedo al castigo, quizás eso significa la cruz para muchos: miedo a ser castigados.

Las leyes no te hacen seguir los pasos de la sociedad sino el temor de ser crucificado en una tabla, en un juzgado, en tu corazón, por Dios o por los hombres, quedando tú alma sin luz, con un destino que no merecías.

Me aterroriza la reacción que valla a tomar Axel si desnudo mi alma y le cuento lo que paso aquella noche de pasión incontrolada, de la aventura que gusto, con la posibilidad de quedar sola el resto de mi vida. Con terror al sufrimiento que se desliza como viento sobre mí, con miedo a los demonios por las noches, a llegar al juicio de Dios con una mochila llena de errores.

Sigo temblando, incapaz de moverme de donde estoy; sin hambre, ni sed. Pensando sin reaccionar, cobarde, consciente de una indecisión que me provoca grandes confusiones, nostálgica, con el alma perdida si es que existe, a punto de contar una verdad escondida.

Quisiera vislumbrar una luz: ser buena como deseo o mala como necesito, pero ser algo, dejar de ser víctima de las circunstancias con necesidad de ser amada, con tormentos eternos. Olvidar mis faltas, justificar mi presencia aquí, en este mundo, que peca de orgullo al creerse bueno, como si fuese posible engañar a Dios.

Juzgarme libre, distinta, sin miedos ni culpas, preguntar a Dios porque permite las tentaciones. Jesús dijo que nadie es bueno, muchos se creen tan santos, pero pocos permiten que el bien se manifieste. Tal vez ese bien llegue al corazón de los hombres, de las mujeres y sus niños, no sé si este mundo es tan bello, pero las personas no creen que merezcan ser felices y sufren cuando deben reír. Dios ha bendecido estas tierras, pero pocos han escuchado su llamado, el bien debe prevalecer en el corazón de los hombres, aquí se recuerda la cruz, que asusta primero y convierte después.

>> Fueron esos momentos indagando en las escrituras, cuando Dios se estaba haciendo más importante para mí, sin darme cuenta, o tal vez, como producto y resultados de mis angustias, no puedo decir de mis oraciones porque no se orar, amé esperando recompensa y he perdido el tiempo. Mi temor a contar la verdad cede y la conciencia lo celebra. Sin discurso, sin justificar, sólo diré lo que paso.

Me dirijo rápidamente a la casa de Axel, abre la puerta y me da un beso en la frente. El miedo recorre mi cuerpo, la culpa traiciona mis lágrimas, la vergüenza deprime mi boca, tartamudeo, quiero que algo pase en este momento que justifique mi huida.
>> Fue ahí cuando comprendí que nuestra alma vive en medio de un combate que no es nuestro, el bien y el mal se disputan a los seres humanos.

Axel siempre estuvo a mi lado. Recuerdo cuando entramos en contacto y acabo ocupando poco a poco mis pensamientos. Estaba ahí paralizado, sin palabras, con una mirada de rencor y decepción cuando le conté lo que había sucedido aquel día. Soy capaz de ponerme en su situación, es difícil el trance por el que está pasando, hemos tenido los problemas normales de una pareja, ni más ni menos, pero esto, es demasiado.

Él me dice delicadamente, que está considerando separase, que el juego de la seducción nos recuerda que estamos vivos, la mujer busca emociones y el hombre aventura, que para eso hay que mantenerse soltero, para muchos sin aburrimiento, visitando la cama de alguien y al día siguiente haciendo tu vida normal, dijo que tenemos opiniones diferentes de los seres humanos, en las relaciones las emociones son otras, pero vale la pena vivirlas y mantener la compañía de ese ser que te complementa.

Me dio un beso, un abrazo, cerró la puerta y en unos días desapareció en misteriosas circunstancias, creo que encontró su libertad y su independencia. Me amaba y lo amaba, pero acabo dejándome, el amor no resistió, por la aventura a la que debí decir "no", para terminar en una vida que no había escogido, quizás sí, con cicatrices en mi alma por cosas que no debí hacer. Miserablemente sola.

Dos días más tarde renuncié a mi trabajo, viaje a Paris y me encontré con gente que sonríe, personas que van en sus coches, ninguna de ellas es Axel. Estudio mis alternativas, el tiempo y la vida siguen su camino y no esperaran a que me tranquilice.

Considero la posibilidad de escribir, tengo dinero suficiente para no morir de hambre en dos meses, me pregunto: ¿qué hare después de ese tiempo? no hubo respuesta.

Debí poner en una balanza lo que tenía y lo que podía perder, esto dolerá por unos meses, tal vez años. Hasta que un día, solo despierte y descubra que todo ha pasado, que recupere mi vida.

Creeré que es fantástico estar sola, tal vez alguien llame a mi puerta, encuentre el amor y no viva más esta situación humillante, mientras más recuerdo lo que paso más miserable me siento.

En pocos días escribo las primeras páginas, una chica que buscando la estabilidad emocional consigue la cruda realidad de que esta viene acompañada de una monotonía absurda, aprende mucho de los hombres: madurar, hacer el amor, hablar francés.

>> Amor y letras: bonita combinación.
Uno, dos, tres divorcios. Pero con capacidad para escoger lo que es mejor para ella. La chica conoce personas, momentos sin importancia y momentos haciendo el amor. Escribe sus historias, las cuenta y acaba enamorándose, ella quiere emociones y estabilidad, pero para ella, todos los hombres, buscan aventuras, no deja de creer que un príncipe no importa si azul llegara y será diferente, pero ¿qué buscaría en él?, si ha encontrado estabilidad y monotonía, riesgo y sexo, esa chica tal vez detesta estar sola consigo misma.

Tengo sueño, pero sino escribo en este momento al día siguiente estaré menos decidida. La intuición debe convertirse en acción. He tocado fondo y debo aceptar mi realidad.

Decido que la chica se llamara Angela, la misma que conoció y se enamoró de un químico que hacía perfumes y de un empresario obsesionado con el sexo. "El amor me mata" llego a pronunciar alguna vez.

Angela, una mujer joven de veintisiete años que lee el periódico cada mañana, que se obligó a luchar por una razón para vivir, un sueño: amar sin humillarse, sin verse como víctima, humanizada con un poder inmenso para descubrir los secretos de la vida. Simplemente prestando atención a las señales que te demuestra la gente común, ningún dogma, ni sectas, sino gente común.

Independiente, dispuesta a progresar, ambiciosa, una mujer que no quiere quedarse quieta y que sueña con el poder, con la gloria. Empieza a conocer esta y aquella persona importante, hace negociaciones y, un día, exactamente un día, se convierte en empresaria. Se afana en buscar incansablemente la libertad financiera, trabajando menos y ganando más. Aprende el tema del dinero con su novio empresario, éste sabía mucho sobre personas que conforman el mundo de los negocios. Él abandono los estudios en preparatoria para convertirse en un inversionista exitoso, creó un sistema que mantenía el negocio en funcionamiento y después empezó a invertir en propiedades inmuebles.

Ahora Angela sabía que la seguridad laboral es un asco. Los empleados siempre están mendigando un salario más alto, mejores beneficios. El patrono está tratando de pagar lo mínimo para que los mismos no se vallan.

Aprendió sobre quien debía ser ella y que debía ser: dueña no empleada. Comprendió profundamente que no se necesita dinero para ganar dinero, sino inteligencia y preparación. Luego el dinero generaría más activos, más ingresos, más dinero.

Evito a toda costa pasar días y días trabajando por el dinero, por esa razón no le gustaban los empleados, quería dinero trabajando para ella.

>> Aunque la vida es más importante que el dinero las personas trabajan diariamente horas y horas para conseguirlo.

Ella quería tiempo para conformar una familia, deseaba un hijo y viajar por el mundo. Cuando el sistema de negocio estaba a su máximo nivel busco a un nuevo presidente para dirigir su empresa, su flujo de efectivo estaba basado en una tasa de retorno interna. Investigó la esencia verdadera del liderazgo: al llegar a un puesto de alto nivel debes tomar decisiones y servir a los demás. La capacidad más importante de un líder es escuchar. No es solo influenciar a la gente sino conseguir la destreza de una autoridad basada en el voluntariado de esas personas a la cuales diriges en pro de su propio bien.

Cambió los paradigmas que jóvenes de su era (incluida ella), poseían arraigados desde la niñez, derrumbó patrones psicológicos, verdades inmutables obsoletas, puso en tela de juicio lo antiguo. Sabía que el mundo cambia a una velocidad sorprendente, necesitaba ser tratada con respeto, fomentaba su crecimiento espiritual y satisfacía sus necesidades legítimas.

Tuvo la capacidad de fundar su amor propio a través de la voluntad, debió ser consecuente con sus acciones, identifico sus necesidades, se sacrificó y gano el derecho de ser llamada "La Reina Imperial".

Esta chica ahora tenía tiempo, libertad, podía vivir emociones fuertes, estaba – según ella – en el camino correcto. Entusiasta y sensible veía el mundo de una manera diferente. Con una juventud mágica, seductora, cada vez más radical en su comportamiento, ahora evitaba las aventuras amorosas, buscaba concebir ese hijo.

>> Sus sueños y deseos poco a poco se iban cumpliendo en la manera que había escogido. Quería – en esos momentos – compartir sus sentimientos, las verdades descubiertas sobre la espiritualidad. Ella desconocía que era secretamente admirada.

Las revistas sensacionalistas la tildaban de pérfida, traidora. Los conocidos y amigos la seguían llamando "La Reina Imperial".

Era realmente interesante hablar sobre ella, muchos afirmaban que sus aventuras con políticos conocidos habían sido filmadas. Nunca nadie pudo demostrar tal cosa: ni políticos, ni aventuras.

>> Me di cuenta de que lo único que yo quería hacer era escribir, me sentí motivada a plasmar mis pensamientos en letras, formar parte de algo.

Caminando a orillas del Río Loira, siempre interesante, siempre sonriente, La Reina Imperial empieza a sentir la energía del perdón a través del amor, perdona a sus críticos, los acepta, tal vez ese pequeño instante que dedican a escribir sobre ella sea el único momento de importancia en sus vidas miserables.

Recuerda sus días difíciles y aterradores, amarse no fue suficiente para mantener una relación, retrocede en el tiempo y se ve así misma luchando por mantener un amor, una persona a su lado que no se quería quedar, descubrió una fuerza que le permitió aventurarse a lo profundo de su alma, encontrando cosas que no había soñado ni pensado.

Para su sorpresa constante, su alma no estaba sola, hay un grupo de almas buscando un puente para transcender hacia el territorio humano en busca de compañía. Despierta, se ha dado cuenta que estaba soñando, pero ¿qué significaba caminar cerca de aquel río y ver un grupo de almas en un puente buscando compañía?

Considera en ese momento que todas las personas son libres y pueden fabricar su destino. No se humilla pensando que todo está escrito, que vienes a este mundo y no puedes cambiar nada, inconsciente, forzados a seguir a la sociedad.

La chica salió de la casa, se dirigió a la pequeña capilla ubicada de forma improvisada en una esquina, encendió una vela y pidió con gran respeto por aquellas almas.

Ella tenía una extrema corriente de pensamiento en materia de fe, manejaba muchos misterios de la vida, anarquista religiosa, con valor y fuerza, intuición y dulzura.

Sabía que en las diferencias de cada persona puede nacer el sentimiento más noble y puro, si y sólo si, la mismas son aceptadas y respetadas. Al comprender y profundizar estas palabras se daba cuenta que, cuando aceptas alguien tal y como es, como humano: valiente, cauteloso, tímido y sensible, diferente; puedes realmente llegar a conocer el amor que motiva un comportamiento.

Descubrir la razón de tu existencia – decía – percibir la realidad, te permitirá dudar de la verdad, de lo que se ha dicho que es cierto. Las fuerzas salvajes de los sentimientos no son entendibles, pero si controlables y aceptables.

Acerquémonos a Dios – pensaba – él es el puente que vi con aquellas almas buscando librarse de algo, la energía del universo puede desequilibrarlo todo, pero el Padre es generoso con nosotros. Angela se ha convertido en una mujer de éxito empresarial, incluso ha incursionado en la política.

Ha decidió no tener una vida sin sentido como los demás, que fingen que tienen todo lo que han querido: casas, coches, familias, pero en realidad no son felices con sus vidas.

Decide viajar y visitar un pueblo en ruinas convencida de que encontrara respuestas sobre el amor de Dios y el amor de los hombres. Casi no quedan personas allí en la actualidad, en tiempos remotos se avistó mucha más gente.

Rápidamente se da cuenta que los habitantes han tenido que pasar por cosas difíciles, son pequeños en tamaño y cuerpo. Cultivan la tierra, procuran la paz. No se veían aparatos complicados, era como si el mundo no hubiese evolucionado para ellos. Estaban apartados, temerosos, eludían cualquier conversación y contactos con personas diferentes.

Desde un principio se comentaba que en la comarca existía la verdadera magia. Entre ellos había una íntima amistad, inimitable para las personas a la que la reina estaba acostumbrada.

En otros tiempos hubo paz y prosperidad, comida y bebida. Era en verdad evidente la práctica de un amor espontaneo, con entusiasmo. Antiguamente hablaban otras lenguas, su origen proviene de otros días, una época desaparecida.

Incluso pocos en el mundo sabían que ellos existían. Aquellos días, en ese pequeño pueblo pocas noticias se sabían de tierras distantes. Uno de ellos, de apariencia extraña y años de más, hablaba sobre la tierra y la multiplicación de los hombres, de los trabajos manuales, de la caza y la agricultura. De cómo el mundo fue cambiando con nuevas ideas, dejaron de perseguirse animales y se empezó a sembrar para proveer alimentos.

Hablaban de reyes y ejércitos venidos por el mar, de la destrucción que causaron. La ruina alcanzo sus tierras. (Hombres buscando Asia llegaron América).

Por los días de esa época muchos huyeron por el río y tomaron posesión de otras tierras, no reconocían ni majestades, ni reinados.

Se transformó aquella tierra y así comenzó la comarca. Por tiempos ininterrumpidos reino la paz. Bien cultivada la tierra, sin biblia ni leyes, sólo la valentía de seguir unidos con trabajos bien organizados. Lograron sobrevivir así, sin enemigos, sin luchas, sin personas que alteraran la incansable armonía.

Sobre el nivel de la superficie construyeron sus casas, y su gente se multiplico. Nadie sabe si faltaron a las que después, llamaron las personas de otros países, las leyes de Dios. Practicaban Incestus (incesto) – decía aquel hombre en una especie de trance –. Se preguntaban cómo pudieron Adán y Eva poblar la tierra sino faltaron a las leyes de Dios. "Incestuosas escenas debieron verse por aquellos tiempos" – afirmaba –.

– En periodos históricos, mis antepasados hablaban del encuentro de muchos hombres – comentaba el anciano –. Una mujer se vinculaba a muchos o varios hombres en matrimonio. Respuesta a, si faltamos o no las reglas de Dios: sólo él – si es su deseo – nos las aclarara a su encuentro. Hay muchos misterios en el origen de todas las cosas. Lo que se descubrió en la antigüedad, no valió para las religiones que escribieron sus "verdades" en libros.

De invención nuestra podemos mostrar el amor por nosotros mismos y nuestras familias desde antes de libros doctrinarios. Para mí todo lo demás es enigma.

Todas las leyendas durante años, según mis propias observaciones, siguen iguales en los tiempos en que se cuenta esta historia – Afirmaba el hombre de apariencia extraña – hizo una pausa, sus ojos se conectaron con los de Angela y pregunto:

– ¿Has venido hasta aquí para buscar respuestas en tierras lejanas más allá de horas de caminata?

>> Ella quedo paralizada, pero no había hecho un viaje tan largo para permanecer inmóvil.

– Quiero conocer sobre el verdadero amor de Dios y de los hombres, – afirmo –.

– Dios no está en el cielo – contesto el hombre – ni está en un trono, está en la tierra con nosotros viviendo entre humanos. Él o ella, o simplemente él sin intentar nombrar géneros, ni hombre ni mujer, es una clase de energía que mueve las corrientes del mundo. Jugador y apostador del bien y del mal es como lo han tildado las personas de otras tierras con sus escritos y cuentos.

>> La reina sabía que se estaba refiriendo a la historia de Job, pero ¿cómo conocía las escrituras? si en este pueblo no se veían conocimientos más allá del cultivo de tierras.

– De la lucha entre ángeles y demonios que también están aquí – prosiguió el anciano –.

Dios ama deliberadamente a los seres vivos, para él la muerte no existe, la misma fue inventada por tus gentes para justificar cosas que jamás han entendido, para inculcar un miedo que les permita dominar a las sociedades, a los pueblos.

Cuando una persona nace solo viene a vivir una experiencia humana, al terminar su tiempo el cuerpo queda sin vida, pero el alma nace automáticamente en otra parte del mundo, en otro cuerpo.

No hay muerte, no hay resurrección, sólo hay nacimientos, cuando la persona vive muy intensamente – a veces – se lleva recuerdos de una vida a otra, de un nacimiento a otro. Pasa por lugares o situaciones y se asusta al darse cuenta, que recuerda aquella escena, como si la hubiese vivido antes.

Solo nos quedamos como seres espirituales si él lo decide para ayudarle en sus batallas. Lo cual responde tu segunda pregunta – el amor de los hombres –. Nuestras experiencias de vida no las llevamos a nuestro próximo nacimiento del todo, llegamos al mundo vacíos, desnudos. Aprendemos el arte de vivir, no puedes esperar perfección de algo que es imperfecto. Porque el ser vivo no encuentra las mismas condiciones al nacer, no le servirían de nada sus experiencias, si las pudiera recordar. Ama al mundo, a las personas con actos, el sentimiento es solo una emoción y viceversa.

>> La Reina Imperial quedo en shock, incapaz de moverse como si le estuvieran hablando desde otra dimensión.

El extraño anciano bajo la cabeza y no volvió hablar en dos días. Ella recordó cierto tiempo cuando alguien le hablo de las señales del universo.

De vuelta a casa, Angela recibió la invitación para dar un discurso en una universidad importante de la ciudad. Se preguntaba, si ella no había asistido nunca a una ¿cómo era invitada hablar delante de personas que si habían ido? ¿qué cosa tendría que decir?

Empezó incitando a las personas a ir al encuentro, no esperar oportunidades. Saber que las emociones cambian de una manera rápida, por eso, no se deben dejar guiar por ellas.

— Yo no conocí fronteras, creo profundamente en que todos tenemos una misión, pocos consiguen cumplirla, porque pocos intentan descubrir cuál es. Ciegos, mezquinos — comento —. Hace unos días visite un pueblo antiguo, un anciano maestro expresaba: "Llega un momento en la vida donde no puedes retroceder ni avanzar. Pones a prueba tu inteligencia, estas en tiempos oscuros, necesitas una salida al exterior. Necesitas respuestas dignas de mención".

"Un hombre caminaba por un valle – me expreso el maestro – gran parte del día estuvo pensando, haciendo planes.

De pronto, ve que se aproxima una figura, no podía visualizarla muy bien. ¿Eres Dios? le pregunto. La figura le responde: si soy.

Él, pregunta inmediatamente: ¿cómo se cuál es mi misión en la vida? a lo que la figura le dio respuesta: sueña y no descanses hasta hacerlos realidad, sigue adelante, aunque encuentres oscuridad, hazte responsable de ti. Vale la pena tanto esfuerzo.

Una reunión muy esperada sostuvo la reina cuando celebraba su cumpleaños, hubo visitantes de muchas partes, no tenía amigos íntimos, pero en aquella época una bulliciosa fiesta atraía a la gente.

Su gran mansión, fue el tema principal de las conversaciones. Angela era reconocida como una autoridad máxima respetable.

– Naturalmente – afirmo un visitante – es una mujer muy bella y rica, no se le conoce marido alguno.

– Bien, es lo que dicen – agrego un hombre alto de aspecto apacible –.

– Pareciera que supiera usted más de lo comentan en la calle señor...

– Levit. Es mi nombre. – De vista conozco a la reina –.

>> Todos asintieron con la cabeza, pero nadie le creyó, él parecía estar pensando en un pasado o planeando un futuro.

Levit se sentó en una ventana abierta que daba hacia el jardín, en su poder llevaba un regalo no muy costoso porque la reina podía poseerlo y no sería de su agrado.

Fuegos artificiales ensordecedores iluminaron la noche, y así comenzó la gran fiesta.

Cada grupo se vanagloriaba sus aventuras absurdas. Botellas de licor de preparación perfecta se iban apilando cerca de la barra. Una bailable pieza musical acalló a las personas que se dispersaron buscando lugar con sus parejas para danzar, bailar, girar o moverse.

Una notable y total alegría se vivía en la sala elegida para el festejo. De pronto, todos quedaron entumecidos, anquilosados al ver a la Reina Imperial con su gran vestido blanco bajando las escaleras sin mirar los escalones. Ella veía al frente, altiva, segura, todos aplaudieron, ella agradeció con un gesto de la cabeza y el baile siguió.

El ruido de alegres sonidos transfería a los presentes a un mundo soñado, real o imaginario, todos a su gusto. En ese momento parecían en paz con el amor, había una pausa en el combate del bien y del mal.

Para Levit parecía una buena señal que Angela saliera a contemplar la noche, él la siguió.

— Linda noche — comento — tal vez no nos conocemos físicamente mi nombre es Levit.

— Angela — respondió ella a reojos —.

– He traído algo para usted.

Él saco una cosa cuadrada envuelta en papel de color rosa. ¡El Origen de la Vida! Leyó la reina al ir descubriendo y quitando el papel de aquel objeto.

– Gracias por este libro – agrego –.

– Son cuestiones dignas de análisis – respondió sin paso vacilante Levit –.

>> Un silencio absoluto dejo transcurrir al menos quince minutos.

– ¿Caminamos? – rompió Levit el silencio –.

>> Él sabía que este momento podría ser único e irrepetible.

– "Enriquecimiento de mente y espíritu" – leyó Angela en voz alta –. Siguió caminando y hojeando el libro. El simple, cree todo lo que se dice, el sagaz considera sus pasos – agrego la reina discutiendo con el libro –.

Levit caminaba en silencio, analizando las palabras de Angela, proverbios, – pensó rápidamente – sabía que la reina era una anarquista religiosa, cualquier comentario indiscreto sobre todo en este tema podría arruinarlo todo, quizás esto era una prueba.

– Las escrituras animan al cristiano a emplear su facultad de raciocinio para discutir las enseñanzas – agrego con seguridad pensando en Romanos –.

>> Ella sonrió afirmando con la mirada que estaba entre los límites de las personas que podían hablar con ella.

– Que cada uno actué sabiamente según la capacidad que Dios le ha entregado – exclamo ella en tono desafiante –.

– ¡El Origen de la Vida! – pronuncio Levit con voz alta –. Hay que examinar si el relato bíblico de la creación es un mito, o si la vida, es a consideración de raras teorías de evolución con una presentación de animales de los cuales – según ellos – quedan el primer mono y el hombre, los demás no sé dónde están.

>> A la reina le gusto el comentario. Era difícil encontrar personas con quienes entablar una buena conversación de temas interesantes, sobre todo si se pueden discutir tabúes y supuestas verdades inmutables.

– ¿Alguien nos creó o evolucionamos? – pregunta Levit a la reina –. ¿Cómo empezó todo?

– Hasta ahora somos producto de una vida que generó otra – agrego Angela –. Famosa la pregunta ¿cómo se originó la humanidad? es difícil responder que venimos de una sopa molecular o decir: Dios nos creó a imagen y semejanza, sólo que él es poderoso y nosotros no. ¿Qué exigirá más fe?

Dios vive entre nosotros, es una energía, y somos seres espirituales creados por él.

Nadie construiría un lugar como la tierra, sino iba a vivir en ella. La pregunta no es si él nos creó a nosotros, la pregunta es ¿quién lo creo a él?

Si las escrituras hubiesen comenzado el cuento con una sola frase: Dios creo todo lo que ves y sientes, ten fe. Habría sido más directo y menos dudas existirían. Los humanos vivirán en sus conjeturas sobre este hecho: si venimos de los monos, si los monos vienen de nosotros, si Dios es un mono y nos creó a su imagen, solo por falta de fe.

Hace un tiempo – apunto la reina – conocí una persona de atractiva belleza física que me dijo en una mañana de café que él no creí en Dios, que la idea de tener un ser más inteligente que el hombre es la simple necesidad del ser humano de creer en algo para, o no sentirse solo, o poder culpar a alguien cuando las cosas no salen tan bien, por eso muchos de ellos sólo recuerdan que tienen un Dios imaginario en momentos difíciles.

En algo, coinciden los científicos y los religiosos: las criaturas en busca de perfección vienen después de las inferiores, por eso ambos dicen que primero fueron creados los animales y luego el hombre y la mujer. Para mí, los animales son superiores a los seres humanos. Deberían estudiarlos más, podrían enseñarles algo que nunca han visto si abrieran un poco su mente y olvidaran tanto conocimiento amontonado en un cerebro que solo necesita pensar.

Al hablar de todo esto, ambos caminaron alrededor de la propiedad, cada uno con sus teorías, creencias y fe. Para luego terminar en un consenso: cada uno es capaz de creer en algo, nunca se comprobará ni una ni otra teoría, si crees en Dios ten fe, no de lo que los hombres escribieron, sino de que él existe. Está en tu corazón y mente. Eso basta.

No necesitas explicaciones difíciles de entender. Sino crees en él, cree en ti mismo y ten fe en lo que puedas lograr, confía en ti.

Estaba todo el restaurante ocupado, el dueño arreglo todo aquello para que Angela y Levit cenaran esa noche.

– Una gran fiesta – afirmo él –.

– Me alegra que te gustara – respondió ella con mirada de seducción –.

>> La reina había culminado la fiesta antes de lo previsto para aceptar la invitación de Levit a cenar, a pesar de que eran casi las horas donde la noche es más oscura.

Hablaron sobre la naturaleza humana, de los altibajos en las relaciones, del matrimonio, los hijos, de los infelices que son las parejas, pero aun así viven conformes, de la infidelidad y el placer.

Tentación, divorcios, conflictos. Tema tras tema se iban discutiendo, uno llevaba al otro. Si el amor era importante o no, o si había libertad para hacer lo que uno quería y sentía, sin pensar en la sociedad, la religión o los problemas del mundo. Se preguntaban dónde se encontraba la felicidad.

– En la comprensión – dijo ella –.

– En el sexo – añadió él sarcásticamente –.

– Aceptación – respondieron al unísono ambos –.

>> Aceptar que son dos seres pensantes, diferentes.

– Quiero ser capaz de dejar vida en este mundo. ¿Un hijo tal vez? – exclamó él –.

El mesero interrumpió la conversación.

En derredor de ellos pocas personas estaban, ella pidió ser llevada a casa, él consintió su decisión. Caballerosamente él abrió la puerta del coche mientras contemplaba su cuerpo extasiado.

Él deseaba congraciarse con ella, agradarle, deseando pues, con variedad de actos, gestos y palabras hacer su presencia grata ante aquella magnifica mujer. Quería que todo la honrara, hace mucho tiempo que seguía los pasos de la reina, estudio cada uno de sus gustos para poder empatizar con su cariño. Auguraba su amor, esperaba que ella fijara su interés en él por virtud o suerte.

Mientras Angela se marchaba en su coche, recibió Levit la llamada de una mujer del pasado, quien le hizo recordar un amor y un ciclo que no había cerrado.

Hace más de quince años que tenía amores con ella, nunca nadie se dio cuenta de las veces que estaban juntos y hacían el amor. Fuera de eso no habían miradas, ni indirectas, pero los momentos que destinaban a solas alcanzaban una enorme satisfacción humana.

Pecadora quizás la manera de amarse, con sólo verse el cuerpo cambiaba, la sangre parecía diluirse más rápido. Una erección voluntaria e involuntaria a la vez producía una excitación divina. Al tocarse se trasladaban a otra dimensión, donde no había más humanos, ni más nada. Sólo sentían cuando la ropa iba cayendo, los cuerpos se tocaban y la penetración explotaba un deseo abrumador que aceleraba el movimiento de adentro hacia afuera.

>> Extasiados es poco lo que se podría contar aquí, era un momento que valía la pena vivirlo sin reproches.

Para dedicarle todo a la reina volvió a saber poco de aquella mujer, algunas veces se veían, se acordaban, pero pasaban uno al lado del otro sin preguntar, sabían de cierto modo que se amaron gratamente por aquel entonces y eso causaba un placer no físico.

Levit se consagro a la reina, nada lo disuadía, cuando se trataba de esa mujer extraordinaria el amor reclamaba lo suyo. El asunto no se perdía de vista, era la cooperación de la mente, los sentimientos y el cuerpo. La mezcla de la emoción y el deseo, un hacinamiento de actos en busca de su amor.

Gigantesco, revolucionario, un inmenso amor creía él sentir por Angela, era un conjunto de sentimientos olímpicos con furor que lo lanzaron hacia ella. Notabase algo de locura indecible, pero sabía que no debía demostrar todo lo que sentía – todo en exceso es malo, pensaba –.

Flameantes halagos para la reina se escuchaban provocando una ancha algarabía titánica de emociones e impulsos, sumergidos en todo esto, pasaban horas contemplando con inquietos ojos sus cuerpos.

Un día mientras estaban juntos, atrevidamente una extraña y brusca sensación transcurría sin permiso sus almas, pero Angela, siempre rígida y precavida adivinaba una elevación y abultamiento en las entrepiernas de Levit, parecía una cosa bien proporcionada, ella miraba aquello, pero no se aventuraba.

Sentíase la Reina Imperial amontonados pensamientos que causaban estremecimiento al ver sus gestos y escuchar su voz. Levit era un hombre enérgico. La pasión firme, formidable, alentaba a aprovechar la noche y esparcir la ropa en aquel lugar. Una botella de vino se destapo para darle un matiz mágico, se besaron. No dudaban ni del amor ni de la causa. El bien creaba esperanzas, seguía resistiendo.

Él hizo sonar su voz en el oído de la reina "me encantas, me gustan las verdades que defiendes" – ella sonrió –. Ninguno quería marcharse, llenos de gracia y honestidad, benditos, ambos se portaban delicados, gentiles. Se preguntaban si habría un mañana, una útil causa con momentos sublimes: esperanzas. Días saturados de emociones.

Algo penetro en ella, la voluptuosidad creo un éxtasis de placer y estallo en ambos una lucha cuerpo a cuerpo por experimentar la plenitud. Ella alzo los ojos y lo vio fijamente mientras su cuerpo se movía de manera circular. La situación se prolongó al sentirse incompletos uno sin el otro. Ella se dejaba llevar por el empuje de los movimientos, que a veces se tornaban en una situación violenta, épica, formidable.

Él se estremecía, ella sabía causar tales efectos al cambiar de posición y dejar que sus cabellos cayeran hacia atrás. Se erizaban. Se permitieron plena libertad, por penalidad o recompensa. Intentaban domarse, venerarse, vencer o ser vencidos en derecho común. Creaban un vínculo, eran iguales, estaban conscientes, sin temor, avalaban los acontecimientos.

El estado de su espíritu le agradaba, la aliviaba, las circunstancias legitimaron sus actos, sus sentimientos. Pensamientos que pasan y preguntas que se hacen. Emociones que vuelven a la vida, episodios del pasado que convergen hacia la esperanza. Grandeza emanada y solemne que lentamente creaba tensión y conseguía todo lo que quería, creaba debilidad.

Era un rayo estremecedor que recorría en segundos la nuca, el estómago y la entrepierna. Estremecida y contenta, hubo un murmullo de amor en el momento aquel de la entrega de dos almas atraídas por sus cuerpos.

Esa sensación de alegría experimentada, de reacción natural al ser feliz, recuerdos de lo que se descubre, inocente y adorable, tiene miedo de sí misma, pero le gusta ser contemplada junto al alma como una necesidad de ver lo divino. La reina estaba atenta, aquella experiencia le había gustado en demasía, sus ojos profundos veían un cielo magnifico, estaba absorta en sus pensamientos.

>> El juego de la seducción es una aventura que rompe la seguridad, la monotonía, por eso gusta tanto. Nos permite ser capaces de sentir, de amar y ser amado. Recordando que amarse describe un sentimiento y el amor un comportamiento.

– ¡Hay que vivir! – exclamaba la reina – aludiendo a las personas que mecánicamente se levantaban temprano y se acostaban tarde todos los días, sin importancia del valor de cada momento, todo en sus vidas era o daba igual.

La Reina Imperial tenía muy clara su posición económica y política en la vida, sabía que en la sociedad: el igual reparto, la democratización y oportunidades, no han podido superar las estructuras de clases. Quería ella ser parte de los que dominan las sociedades, no de la llamada marginalidad.

En una larga llamada telefónica este tema se convirtió en un intercambio bilateral de experiencias. Angela creía firmemente en la subyugación imperialista, Levit se inclinaba ante la autodeterminación de las naciones.

El marco condicionante de una gran discusión armoniosa fue la pobreza, debido al desequilibrio de la distribución de los ingresos de los países. La llamada clase alta se adjudica la renta nacional, una gran parte de ingreso queda a disposición de estas personas mientras que la población más pobre se debe conformar con una pequeña porción de la distribución de ingresos.

Se dice que los impuestos fueron aprobados por los pobres para ser cancelados por los ricos, pero estos, revirtieron el efecto, convergieron las leyes y terminaron los pobres pagando por la misma legislación que habían aprobado.

— Por eso cree una corporación — afirmo la reina —. Para proteger mi dinero y pagar menos impuestos.

— Un problema estructural burocrático — respondió Levit con cierto sarcasmo —.

— Para muchos, los pobres, en la sociedad que los rodea, parcialmente cumplen las expectativas — agrego la reina —.

— Cómo lograrían cumplirlas si el ingreso es mal distribuido ¿no te parece? — respondió él — menos ingreso, menos educación y desarrollo. Esto es una mala señal para nuestros pueblos.

— Lo que no se han dado cuenta Levit, es que un país rico en busca de desarrollo industrializado en esta era crea más desocupación y marginalidad al suplir trabajadores por tecnología, siguiendo el ejemplo de una Europa en fase preindustrial e industrial que en este tiempo ya no sirve como modelo.

– Tienes razón Angela no hay una correlación socioeconómica entre tecnología y fuerza productiva laboral.

Extensiva fue la conversación entre risas, cuentos y discusiones, ambos tenían puntos de conjeturas impresionantes. Él culmino la llamada con estas palabras:

– Pronto habrá una sorpresa pública para ti.

Angela y Levit hicieron una visita relámpago al médico. Ella estaba subiendo de peso rápidamente. Al examinarla muy bien el Dr. Emanuel Rigst le dijo:

– Le faltan siete meses para el nacimiento de su bebe.

>> La reina quedo impresionada, Levit escéptico. Decidieron no quitarle más tiempo al médico, salir y asimilar la noticia.

Levit hizo acopio de valor.

– ¿Cómo te sientes?

– Entusiasmada, sorprendida, agradecida – contesto la Reina Imperial –.

– ¿Algún nombre? – Pregunto Levit –.

– No – agrego Angela –.

Ella pensaba en las palabras del doctor: "Debes reducir grasas, sal y calorías". ¿Qué diablos significaba Toxemia? – se preguntaba –.

La reina no sabía si estaba engordando o se estaba hinchando, pero su cara estaba cambiando. Angela asintió cuando Levit le mostro un libro de dietas.

Ella compro variados álbumes de fotos para su experiencia en el embarazo. Se comportaba cuidadosa, un niño o niña está por nacer – decía –.

>> Levit le recordaba que faltaban siete meses para eso.

– ¡Estar pendiente del peso y la hinchazón! yo comeré lo normal – dijo Angela –.

– No escuchaste al doctor – agrego Levit – hay que estar pendientes generalmente a los síntomas como el aumento de peso, los dolores de cabeza, la hipertensión, proteínas en la orina, cualquier desorden metabólico.

– ¡Creo que los médicos no están muy cuerdos!, piensan que una dieta controlara el peso del bebe con la firme y única razón de contribuir a un parto más fácil si el niño es pequeño, como si ellos fuesen a sentir el dolor – dijo la reina –.

– Quizás no lo sientan Angela, pero serán los que tendrán que arriesgarse y correr a desembarazarte en un quirófano.

– ¡Lo privan de alimento! – expreso la reina –.

– No hay respuestas alusivas a preguntas irrelevantes – afirmo él con sarcasmo –.

– Es la nutrición y el peso lo más importante para el nonato – acoto Angela –.

>> Ella afirmaba que el cuerpo necesita más sal durante el embarazo para que la sangre circule mejor, eso – entre otras cosas – evitaría un niño con bajo peso al nacer. Hay que cuidar el sodio y el cloro de carencia y sobrante.

La reina a partir de ese momento destino una cantidad de su dinero para crear una fundación de mujeres embarazadas que evitaran usar primordialmente, clichés obstétricos.

– El líquido retenido es excelente para ambos, nutre la placenta – arguyó Angela –.

Debido a la mala nutrición por dietas estúpidas y sin fundamentos se han expuesto las embarazadas a la hipovolemia, al bajo volumen de sangre. También han afectado el funcionamiento del hígado. Sin contar con la

Tiazina de los diuréticos que los médicos recomiendan a diestra y siniestra, reduciendo los niveles de albumina, una proteína que ayuda a la circulación del agua. Ésta, es elaborada por el hígado, que al ser afectado sintetiza poco esta proteína permitiendo que el líquido que debe estar en circulación llegue a los tejidos.

– Deja el móvil y el internet, cómprate un libro – añadió Levit –. Si alguien tiene una gran idea no lo publica en la web, lo lleva a una editorial y lo patenta.

– Tú y tus pensamientos periodísticos – exclamo la reina –.

– En internet muchos textos idénticos son subidos por varias personas aun siendo exactamente iguales, sólo le cambian el autor – dijo Levit –.

– En eso tienes razón – asintió Angela –.

>> Ella examino varios libros, casi todos decían tener la verdad acerca de las dietas y los embarazos. Compro dos que no dijeran la famosa frase: "La Verdad", como si realmente conociéramos la verdad de algo, todavía debatimos sobre intelectualismo, dogmas y teología.

Encontré una princesa proactiva

Cuando ya no tenía más recursos, solo me quedaba pensar que así era el mundo, que así eran las personas, y de pronto encontré una linda princesa de dulces ojos soñadores, joven, bonita, cariñosa, que me mostro más proactividad que ninguna otra mujer a la que haya conocido.

Esa pequeña joven valiente, cambio mi percepción del mundo. Ella, es capaz de responder con habilidad, es responsable de sus actos, elige, no son sus impulsos los que la gobiernan. Es algo tan sobrenatural lo que nace de ella, tan inexplicable en palabras. Y, sin darme cuenta se convirtió en mi todo, en mi desorden ordenado están sus manos.

"Me gusta saber que sonríes aun cuando no estoy ahí para verlo, a veces, pienso que nos falta tiempo, quiero tomar tus sueños y hacerlos realidad, mis manos tiemblan de emoción porque lo que aquí escribo no es más que el reflejo de mi alma para cuidarte. Muchos días van transcurriendo, la distancia no es más que un corazón sumergido en los recuerdos, ¡Valla que recuerdos!" – le decía constantemente –.

He decidido por mi vida, por lo que soñé, porque si en la vida llegaran a faltar los sueños la soledad cobraría su espacio, jamás una persona que sueña, incluso cuando nos toque nacer en otro cuerpo, dejara de existir porque los sueños seguirán vivos en el mundo.

Estoy buscando eso, la realidad de un sueño que me motiva hasta los huesos, día a día me levanto con fuerza y la emoción embarga mis deseos de verlos realizados, para luego volver a soñar.

Incondicionalmente estaré aquí para apoyarte princesa, eme aquí como un amigo, amante y compañero, un loco soñador divertido que te hará sonreír como lo estás haciendo ahora, brillan tus ojos y desde aquí, desde este pequeño lugar mi amor está abrazándote.

Esto escribió Levit en un diario de circulación nacional dedicado a la reina.

Él, periodista, paso mucho tiempo escribiendo para Angela en periódicos y revistas. Nunca conto a nadie para quien escribía. Se le escucho decir una vez: "La vida no es más que un viaje, un camino, debemos recorrerlo con alguien especial, alguien, que llena tu vida de locura, pasión, risas y momentos absurdos que solo sean de los dos".

Ambos prestaban en gran medida atención a los detalles e instantes de sus vidas, realmente vivían, nada era igual. Intentaban conquistarse momento a momento. Para ellos desperdiciar la vida no era de Dios.

Hacían que las cosas sucedieran. Casi no había tiempo de explicar nada, con gestos se comprendían. Palabras verdaderas ocupaban su lenguaje cuando necesarias eran – la mentira no existió para ellos –.

Vivian en movimiento, se manifestaban, su naturaleza les permitía aprender y cambiar, no creían en el matrimonio porque era convencional – firmar papeles para sentirse más seguros, como si la otra persona la detuviera una simple firma al momento de querer marcharse, decían –. Legalizar el amor para ellos era un tema insignificante.

Natural se mostraban, aliviaban lo incomodo, lo desagradable. Escuchaban su corazón, sus instintos. Eran sinceros, sus miedos eran compartidos. Sensibles se mostraban cuando actuaban de manera equivocada. Obraban para que cada uno se sintiese amado.

Angela pensaba que los hombres pueden ser tiernos, indiferentes, tal vez obstinados. Peo la mayoría de las mujeres han comprendido poco sobre la mentalidad de ellos, son tan distintos uno de otro. Si las damas se invitaran a la reflexión, es posible que, aunque no siempre estén de acuerdo con ellos, al menos, influyan sobre el varón para mantener el equilibrio y la paz.

Es bien sabido a quien se le atribuye el primer pecado. La mujer podría servirse de ellos, para también hacer el bien. Pueden aprovechar las debilidades de los hombres a su favor e inducir la toma de decisiones juntos.

Levit sabía que la mujer es enérgica, pero necesita de sentido común para dirigir su carácter ante una determinante situación. En lo que se refiere al amor las damas han alcanzado la forma de llevar las riendas.

Son redomadas seductoras, con gran minuciosidad calculan las conquistas, los hombres piensan que son ellos quienes lo han logrado. Ellas saben cuándo tener una ardiente mirada, tiernos ademanes y cuando hacer el amor con libidinosas escenas. – Todos deseamos ser símbolos sexuales masculinos – pensaba Levit – pero son las mujeres las que, con entusiasmo, despiertan los objetivos perseguidos en cada momento apasionado.

En muchos aspectos, la reina y Levit sabían que ambos eran seres enigmáticos, ante los ojos de cada uno, a veces, incomprensibles sus modos de razonar.

Pero ya se amaban, perseguían un fin común, tanto así, que un hijo crecía.

La mujer es un misterio y lo será por siempre, pero ¿quién realmente conocerá a fondo a otra persona?, además, digan lo que digan, nuestro principal objetivo es la procreación.

Ambos se necesitan, se fascinan partiendo de sus diferencias y luego toman la decisión de crear familias, esto ha sido así desde otras edades y épocas.

La unión de vínculos de una relación no material, especialmente la que se establece entre dos personas para crear un hogar, han visto pasar problemas, pero esto se ha mantenido incólume, no ha sufrido daños, la suma de hombre y mujer.

Ellos se proporcionaban placer, captaban sus debilidades, diferían en sentimientos, en la solución a las dificultades, pero con gestos manifestaban sus estados de ánimos y su disparidad, diferencia o desigualdad de una cosa respecto de otra. Obedecían a la razón y no a las emociones. Tal concepción, ideas que se tenían de este tema, se manifestaban en obras y no se desarrollaban ni rápidas ni movidas, sino con calma, con cordura. Con un estado psíquico sano, con capacidad de pensar y actuar con buen juicio, prudencia, reflexión, y sensatez. Nada de celeridad o prontitud para ejecutar decisiones emocionalmente inútiles.

De manera tajante, se hacía ostensible y se percibía con facilidad la distribución de responsabilidades dentro del hogar desde el punto de vista económico y social.

Ambos trabajaban en lo que les gustaba: la reina dirigía una empresa y un sistema económico contable exitoso, Levit ya era presidente del periódico. Pero cada uno sabía cuáles eran sus funciones en la casa. Trataban de interactuar en mutua convivencia. Unas raíces profundas de valores suprimían las diferencias existentes.

Había un amor consustancial que era de la misma esencia. Él no era el cerebro ni ella el corazón, los dos eran lógicos e intuitivos. A veces, eran impulsivos, pero comprendían los problemas, cada día iban evolucionando más en el terreno de las emociones con sensibilidad.

La blancura absoluta o ideal con que llenaban la vida hogareña se debía a la inclinación por las discusiones de problemas en reuniones semanales atractivas: vino, copas, música y sexo.

Angela y Levit se encargaban de proteger a la familia y de crear un ambiente acogedor en el hogar. Cuando los ojos de su niña se abrieron por vez primera, al ver sus características anatómicas, sintieron que la vida y el amor reaccionaban, la relación se establecía entre los tres. Revestía una importancia y una suprema unión familiar, con el paso del tiempo, a su modo de ver, los lazos especiales entre madre, hija y padre se reforzaban con un comportamiento y los sentimientos más puros y nobles que se acrecentaban por el solo hecho de existir. Ellos vivieron su historia, no importaba lo imposible. Un amor sosegado que transforma un mundo desequilibrado. Euforia y entrega, sensaciones y caminos complicados.

Hoy Diecinueve de Septiembre, sólo me quedan tres días para llegar a la banca rota. No me queda dinero más que para viajar a Viena y reunirme con mis amigos.

Compro el boleto de avión, entrego el manuscrito en la editorial, me preguntan cuál será el título y respondo: "La Reina Imperial", cierran la puerta sin darme respuesta alguna.

Antes de reunirme con Clara, Cristina y Andrés compro una botella de Vodka. Llego al lugar, nos abrazamos y Clara pregunta:

— ¿Alguna vez has llorado por no tener alguien a tu lado?

Respuestas salen a la luz sin demora. Los escucho y cuento mi historia.

— Supongo que es mi turno de contar mi vida, me tomare primero un trago — dice Cristina —.

Un día me desperté triste por estar sola, a la semana siguiente empecé a enamorarme de Tony: ojos brillantes y sonrisa contagiosa que me encantan.

A las diez antes del mediodía recibí la llamada de un grupo de amigos que estudiaban en una ciudad lejos del pueblo dónde yo vivía. Llegaron a la casa de uno de ellos, se alojaron, alistaron y salieron rápidamente al disfrute.

Nos pusimos de acuerdo y quedamos en vernos en la única avenida de nuestro pueblo ya adornada para el festival.

En esos andares de la vida me presentaron a Walter, compartimos toda la noche y nos veíamos cada vez que volvía a visitar mi pueblo.

Él decía ser soltero, yo no estaba con nadie en el momento, cuando Walter iba a verme nos quedábamos en u hotel para poder disfrutar mucho más del sexo.

A mi era la que más me gustaba. Yo desvestía ese hombre con la mirada. Con solo tenerlo cerca mis hormonas se activaban. Hacia de todo para que notara que estaba dispuesta a chupárselo por un buen rato.

Era algo incontrolable, cada minuto que pasaba sentía que corría por mis venas una sustancia que me excitaba. Mientras estábamos en la habitación yo me bañaba varias veces al día para que él me viese semidesnuda a través de la cortina del baño, la cual yo dejaba entreabierta, con la única intención de provocarlo, incitarlo a que me detallara mientras me arreglaba frente al espejo. Él pasaba y de reojo veía como me observaba de pies a cabeza y detallaba mis nalgas. Eso hacia arder mi vagina y mis labios sentían la necesidad de acercar su pene a mi boca.

No aguantaba mucho, así que en la ducha colocaba mis dedos en mi sexo por unos segundos. Luego los sacaba y me bañaba, siempre dejaba la toalla sobre la cama para obligarme a salir desnuda y que él mi viera.
No puedo explicar el placer que sentía al notar su presencia detrás de mi mientras me secaba.

Cuando él dormía, yo le veía fijamente el bulto y me imaginaba bajándole el short, agarrándoselo y metiéndolo en mi boca, deseaba que se pusiera erecto en mi garganta.

Él seguía durmiendo y yo me mojaba cada vez más, de nuevo introducía mis dedos y me tocaba hasta casi llegar al orgasmo, pero los sacaba antes, solo para guardarle ese momento a Walter.

Cuando ya se estaba moviendo para despertarse yo me volteaba y acomodaba la sabana para que se notara mi trasero desnudo. Él se levantaba, encendía la luz, y me contemplaba. Se metía a la ducha y yo me levantaba descalza para no hacer ruido y lo espiaba. No aguantaba más y me bañaba con Walter. Primero no decíamos nada, solo nos mirábamos. Luego él empezaba a tocarme los senos suavemente y yo se lo acariciaba de inmediato.

Me arrodillaba y disfrutaba tener mi lengua en su pene. Después de un rato, Se levantaba, me ponía contra las paredes y me castigaba con una fuerza exquisita. Me gustaba seriamente, que me bajara la cabeza hasta el piso y lo introdujera en medio de mis nalgas.

Luego en la cama, amarraba mis pies y me estiraba hasta quedar bien abierta y jugaba con mi vagina a placer, esparcía el lubricante por sus manos y metía sus dedos. Destapaba un preservativo, lo colocaba en su desodorante con cabeza redonda y lo introducía. El control remoto del televisor se unía al juego. Después de venirse dos o tres veces montado sobre mí, me soltaba, y yo jugaba con su pene erecto. Me gustaba que se sentara en la cama mientras yo bailaba con la vagina húmeda y su miembro profundamente dentro de mí. Orgasmo tras orgasmo se presentaban. Me encantaba la resistencia que poseía, se mantenía firme hasta que mi útero gritaba y pedía desesperadamente un descanso. Al terminar me fascinaba el dolor posterior en mis partes.

Aquel encuentro de vehemencia, apasionamiento e impulsividad en nuestro comportamiento nos llevó meses después a una pronta unión de familias: estaba embarazada.

No buscábamos un bebe, pero estaba creciendo en mi vientre, días más tarde de la noticia intentamos crear una especie de hogar, estábamos juntos en eso, pero después del nacimiento todo cambio.

Temblando a causa del frio de un quirófano en un acto quirúrgico de emergencia vi por primera a vez nuestro hijo.

Al principio fuimos dos personas muy identificadas, posterior a la experiencia del alumbramiento, tal vez por la economía o lo rápido de las cosas, él empezó a descuidarnos.

Siempre peleaba por todo, el dinero no alcanzaba, el niño no toleraba leche alguna, uno tras otro problema se sumaba en tensión.

Infidelidad, reproches, maltratos verbales, fueron los detonantes de la separación. Yo regrese a mi pueblo con un hijo en brazos. Como una imbécil me sentía mientras bajaba las cosas, las pocas cosas, que pude llevar.

Después de eso el amor me parecía fútil, carecía de importancia, yo no le encontraba fundamento. Tenía un aluvión de sentimientos como arrastrados violentamente por un rio y depositados en un terreno cualquiera.

Los primeros meses fueron duros, famélicos. Parecía que me hubiesen espetado un instrumento puntiagudo en el alma, en el corazón, en el lugar mismo donde están los sentimientos.

Una noche inhóspita recordaba mi infelicidad, con pesadillas, dolor y llanto. Vueltas y vueltas en la cama, ahogada en preguntas.

Al cabo de unos años conocí a Tony, después de pasar un largo tiempo sola. Él había tenido una separación forzosa según me contaba en un avión comercial a una altura de aproximadamente doce mil metros.

En su pecho llevaba una cadena con una inscripción que decía: Deo volente (Si Dios quiere). La confianza fue descubriendo en nosotros las cualidades de ambos, los intereses, el motivo del viaje.

Era Arquitecto, construía y diseñaba edificios en Viena donde vine a vivir con mi hijo.

Me guiñaba el ojo, yo sonreía apenada. Me explico que venía de otras ciudades donde había estudiado y perdido un amor.

Le pregunte por las letras extrañas en su pecho, me dijo que se las había enseñado su padre, cómo a mí me gustaban él las incluía en su dialecto de vez en cuando para agradarme. Al contarle un poco mi historia y experiencia en el amor me dijo: Errare humanum est (Es humano equivocarse). Yo me alegre al conocerlo, me parecía un gran comienzo hablar de desamor y fracasos, así sabía que no era la única que sufría por eso.

Mi hijo, de corta edad, para ese entonces recibía educación infantil. Creo que intentábamos remendar con puntadas juntas y entrecruzadas a manera de unión nuestra desdicha, nuestra experiencia, él me contaba de su ex chica yo de mi ex patán, todo esto hacía que se notara lo menos posible el dolor. Yo despreciaba a Walter, Tony alababa a su exnovia.

Un día esperaba a Tony emocionada a las afueras del Albertina Passage, un restaurante envuelto en un ambiente futurista, al intercambiar números telefónicos el día anterior, él me había propuesto vernos aquí.

Durante la cena, un catalizador que aceleraba y atraía sentimientos era su comprensión del amor. Quería preguntarle por su antigua mujer, pero no me atrevía. Poco a poco yo apartaba el recuerdo de Walter.

Tony y yo nos fuimos haciendo amigos rápidamente, cada vez recordaba sus palabras: "Es humano equivocarse".

Dicho en mi favor, eso fungía como bujías para mi autoestima.

ÉL no quería relaciones pasajeras, buscaba lo duradero y perdurable. Sabía más del amor de lo que yo pensaba, aunque discerníamos la definición de éste, llegue a comprender que amar no era suficiente.

Visitamos juntos importantes lugares de la ciudad, varias veces él se adelantaba a la caminata y me sorprendía con rosas azules.

Nos deteníamos a ver las calles, personas y escaparates de tiendas. Eran gratos momentos de serenidad. Estrechados de manos, examinábamos la vida y los inconvenientes de una nueva relación.

La peripecia de mi vida, criar un hijo sola, me afecto. Altero mis sentimientos. Fue un repentino cambio de situación: de soltera y tranquila a hogareña y desdichada. Amaba a mi hijo, pero no eran las condiciones para criarlo y hacerlo feliz. A pesar de todo, él necesitaba de su papa en todas sus etapas y yo no quería ni verlo, así que lo enviaba con su abuelo a ver el patán.

Fue un periodo difícil, sabía que el niño debía ver a su papa, no en una plaza a donde yo lo enviaba lejos de mi casa, sino en el hogar donde mi hijo se estaba formando.

Trataba de convivir momentos con Walter mientras veía al niño, pero a veces me iba de casa mientras él estaba allá.

Quizás actuaba en forma incoherente. Pero cuando recordaba el momento jadeando mis cosas y el niño, al partir del infierno aquel, cuando respiraba rápidamente por efecto del cansancio, no quería ni que se comportara como padre.

Sin embrago, cierto día empecé a sentir alivio y regocijo al verlos jugar, sus rostros eran gozo y alegría intensa que se percibía con facilidad.

Viví momentos cruciales, decisivos. Pero hice esbozo de un nuevo plan: respetar los sentimientos de mi hijo, que, para ese entonces, su padre era ya su héroe.

Absorta quede un día con la propuesta de Tony de una relación en abundancia de emociones y con un amor – decía él – arraigado al comportamiento y al disfrute de los sentimientos. En cierto modo, yo también quería volver amar. Hablando entre dientes le dije que si con la cabeza hacia abajo. ¿Cómo dices? pregunto él, tomo mi cara con su mano, la levanto y le solté un gran ¡Si quiero!

Empezamos a tener momentos felices, fuimos acumulando cierta satisfacción con emociones que se expresaban con facilidad.

Era un periodo que transcurría, a veces Tony y yo pasábamos momentos voluntariamente ociosos, sólo viendo el cielo y sus nubes. Muchas veces nos enrollábamos formando una figura más o menos redondeada.

Jugábamos como cachorros, había ternura, afición y cariño. Nos movíamos de un lado a otro con rapidez y energía, al final me tomaba en sus brazos.

Un cuarto de hora más tarde, nos fuimos caminando tropezando nuestros zapatos de lo cerca que estábamos, abrazados y con pasos tambaleantes. Su mirada era irresistible y la mía se clavaba en sus pupilas. Los sentimientos hacían taquicardias de lo lindo.

Él contaba sus viajes largos por varios países, todos estaban llenos de paisajes y ciudades hermosas, al final detallo su trayecto de vuelta a casa.

Conoció mujeres y momentos breves de emociones hasta que decidió estar solo y esperar algo perdurable.

Una persona tropezó con nosotros iba a pie por la vía pública y se disculpó, espabilamos, y todos seguimos nuestros caminos. Disfrutamos la caminata extasiados de palabras e historias.

>> No eran capaces de imaginar las complicaciones que vendrían después. ¡Este vaivén del amor, veraz todo lo que pueden causar!

En ese momento, todo parecía suficiente, indestructible. Real o irreal era bueno. El futuro seria otro cantar. Sin embargo, por ahora, nos deleitábamos.

Divagábamos sobre el amor, políticas y religión, a veces, recopilábamos temas porque nos habíamos perdido, pensábamos desordenadamente. Llegamos a mi casa, a través del enrejado de la puerta nos besamos y despedimos con un: Dominus vobiscum (El señor sea con vosotros).

Un atisbo de optimismo era interpretado como un principio de algo – tal vez amor – entre él y yo, sus gestos eran señal de ello.

>> Una irónica situación se presentaría al poco tiempo de su relación, quizás contraria a lo que esperaban, eso marcaría un fuerte contraste. ¡Sólo quedaba esperar los indicios!

Era hermoso, tocaba mis labios delicadamente, una maravillosa euforia sucedía. Un conjunto de sentimientos avanzaba y se movían rápidos, experimentábamos la revelación del sentir. Tony siempre estaba arreglado en su manera de vestir. Esbozaba seguridad. Su complexión física era muy varonil: tenía firmeza, valor. Características que determinaban un aspecto de fuerza y vitalidad. Noche tras noche llamaba por el móvil, hasta que conseguía un sueño ligero, de pronto se levantaba inquieto, su descanso era frecuentemente interrumpido por su pasado y entonces recordaba una chica llamada Esther que, según él, era maravillosamente su Alter ego: (una persona muy identificada con otra).

Se despedía con un mensaje al teléfono diciendo: "duerme bien". Un sentimiento electrizante causaba entusiasmo y excitación entre Tony y yo. Tal como ya se ha dicho, buscábamos la posibilidad de darnos el amor de obras.

De todos modos, ambos estábamos completamente de acuerdo en que esto era lo más próximo a la felicidad. El comportamiento daba un placer y gozo intenso al hacer del respeto, tolerancia y aceptación hábitos inquebrantables. No faltaba la pasión que estimulaba.

Al finalizar Cristina de contar su historia, ella y Violeta tomaron un trago y escucharon una voz detrás de ellas.

—Mi nombre es Anthony, me disculpo por llegar de imprevisto.

Violeta derramo el vaso, lo soltó, tembló, no podía decir absolutamente nada, no podía girar, mucho menos verlo a los ojos. Era él, Anthony, su esposo, su exesposo. El hombre que abandono cuando conoció a Axel. ¿Qué hace aquí? Se preguntaba.

>> Él pidió permiso y se sentó frente a Cristina.

– "Amarse no es suficiente". Violeta, si tuviese tu capacidad de escribir ese sería el título del libro, quizás el "Vaivén del amor" acoplaría mejor – comenzó a decir Anthony –.

Al conocer a mi exmujer – agrego – después de hacer pasar un trago por su garganta… quería estar todo el tiempo con ella. Tenía muchas dudas para vivir con alguien tan apresuradamente, ella creía que debía pensarlo, pero yo insistí, tal vez sentía soledad o quería enderezar mi vida, ser responsable y formar una familia. Pasado un tiempo, ella empezó a comportarse de forma extraña, salía frecuentemente, se apegó al teléfono móvil y discutíamos por eso.

Acerco a nuestro matrimonio la palabra "amigo" para justificar salidas, llamadas y sueños.

Con valentía pidió la separación. Tal vez con motivos tangibles (siempre decía que yo no le mostraba cariño). Para la fecha la situación económica no era la más favorable, yo sólo pensaba en trabajar para conseguir cubrir las necesidades legítimas de ella, de la casa y las mías.

Yo salía constantemente, trabajaba horas demás, llevaba el dinero a casa, pero deje de lado el sentimiento y quizás, el pensamiento de mi mujer.

Un trabajo surgió inesperadamente, no hubo despedida sólo pensaba en el dinero que podría conseguir. Regrese tiempo después, la busque, justifique mi ausencia con decisiones tontas, pero traía el dinero.

La búsqueda de sustento económico siguió en nuestras vidas, yo era el responsable de conseguirlo. Pero mi exmujer había cambiado, ya no me esperaba, estaba más altiva, me esquivaba, se vestía con ropa inapropiada por las noches.

Cada vez más tiempo pasaba en su trabajo, una excusa, dos y tres justificaban sus tardías horas de llegada. La relación desapareció, se acabó. Un amigo consiguió boletos de avión a un país suramericano y decidí acompañarlo. Antes de subir al avión llame por última vez a mi exmujer, ella no contesto.

Llegamos a una bonita y calurosa ciudad. Mucha gente amable, bonitas mujeres y sobre todo oportunidades. Era el día nueve de abril de un año de excelente auge económico, un ingreso petrolero elevado y empresas de todo tipo. Un país como pocos que permitía el ingreso de extranjeros a la educación. Mi amigo llamado Samuel, consiguió los requisitos, él entro en la escuela de medicina y yo fui a otra facultad.

Trabajábamos en el día y estudiábamos por las noches, nos veíamos cada fin de semana hasta que conocí a Nina.

Una mujer de cabello negro hasta sus redondas nalgas. De aspecto femenino completo: uñas largas, pies arreglados, sonrisa dulce, vocabulario respetuoso, con olor a cremas y perfumes en cada momento.

De inmediato me vestí de conquistador, busque encuentros frecuentes, ella tenía para escoger admiradores, yo seguí adelante y logre su atención.

Una morena bellísima, de encantadora figura física, sensual hasta los pies. Nos escribíamos continuamente, salíamos y así nos fuimos conociendo más a fondo. O creímos hacerlo. Pasamos tres años juntos, con una sexualidad activa y constante, creábamos cada momento: un motel, el trabajo, un baño, su casa o la mía.

En poco tiempo nos entendimos perfectamente haciendo el amor. Antes de que se nos asignara una habitación yo estaba tocando sus senos y desvistiéndola: ella disfrutaba de aquello.

La atracción, el juego sexual, un placer concebido entre la fantasía con objetos y la contemplación de vernos desnudos potenciaba la excitación. "Sorpréndeme" era su respuesta habitual cuando la incitaba a tener sexo en espacios públicos.

Que nos descubrieran, era un catalizador irrefrenable de una emoción intensa, de un deseo que enamora.

Pululaban entre los dos sonrisas picaras cuando compraba caramelos de menta y los guardaba en los bolsillos. Eso, y el hielo para el sexo oral le destrozaban los pensamientos y la ponían a soñar despierta.

Nuestra lujuriosa y apasionada relación, envuelta en lo que para otros es estúpidamente prohibido y morboso, se llenaba de juegos diferentes y nos complacía hablar de sexo, de cómo se pone dulzón mi pene cuando ella juega con chocolate sobre él.

No solo era el momento, sino lo que la imaginación descubría después, y como nuestros cuerpos completos jugaban con esos recuerdos. Una aspiración fuerte y prolongada, un gemido, una emoción y el alivio al final del orgasmo, que es más como una sensación de agradecimiento, seguida por una espiración profunda y una sonrisa como de satisfacción porque se ha cubierto una necesidad. Pocos segundos de felicidad que nos hacen sentirnos especiales.

No fui el primer hombre que hiso el amor con Nina, pero fui el número uno en varios hoteles para ella, y eso la excitaba. Recordar todo aquello mientras estaba sola en casa la mantenía con un inmenso deseo y convencida de querer mantener nuestra relación.

Cuando no podíamos vernos, nos escribíamos por el móvil todo lo que en ese momento nos gustaría hacernos. Caliente por aquello, ella buscaba por todos lados un objeto, lo más parecido a mi pene posible, nuestros juguetes sexuales no podían permanecer en su casa, así que los guardábamos en la mía, eso la ponía furiosa.

Mientras seguía revolviendo todo, aun con su madre en el cuarto y su familia preguntándole que necesitaba, ella solo respondía a su deseo de recrear las escenas de sexo, y cuando por fin lo encontraba, se encerraba en el baño y me contaba paso a paso lo que estaba haciendo con su vagina y con el objeto. Gente en casa y soledad en el baño. Le importaba poco si la escuchaban gemir. Todo eso era indecente, pero le gustaba.

Un día el corte de luz en su casa oculto nuestras siluetas, con delicadeza y devoción comencé a pasar mi lengua por su sexo, recuerdo muy bien esa experiencia de placer, nuestra actividad sexual no tenía tabú, era satisfactorio, para nada convencional. Tocarla no era pecado sino gozo. Ella confesaba que mi mirada le creaba morbo, que mientras usaba el vibrador cuando iba la casa pensaba en mí.

Aunque en ese momento todo estaba oscuro, ella tenía gravado en su mente mi entrepierna. Tocarlo duro y firme le causaba aceleración, era su juguete preferido. Nos sentamos en una silla uno arriba del otro. Mientras más movimientos hacia ella con su cadera más húmeda se ponía. Acababa con tanta devoción que clavaba sus uñas en mis piernas, sentía como se apretaba por dentro y su útero abrazaba mi pene. Un descuido de nuestros compañeros de trabajo fomento un encuentro amoroso raudo y veloz en un baño: una oficina y hasta en un coche.

Al pasar el tiempo sentimos amor, celos, confianza y desconfianza. Llegamos al punto de las discusiones: ese momento cuando lo bonito, lo nuevo, parece haber acabado. Parece desplazado.

Los encuentros íntimos no eran suficientes, incluso terminamos sosteniéndolos justo después de discutir. Ella lo hacía un día, yo lo repetía al otro. Eran momentos de torpeza amorosa, peleábamos con frecuencia por motivos no muy claros.

Decidimos dejar las cosas como estaban y mantener distancia, pero si tomaba y se embriagaba, ella llegaba a dormir a mi casa. Si era yo quien lo hacía, terminábamos en un hotel. Ninguno de los dos teníamos claro qué era el amor, y sobre todo qué era el respeto.

Un día alguien se acercó y con voz discriminante confirmo una sospecha: sus ausencias estaban siendo recibidas por otra persona. Un momento hiriente, desafiante. ¡Otro hombre! sufrí, pero seguí el juego. Fingí no saber nada y también participe. Conocí una mujer casada, me gusto y ella convirtió todo aquello en una aventura.

Nos veíamos solo en momentos bien calculados, evitando inconvenientes con su esposo. El sexo gustaba con Nina, disculpen que lo admita, pero con aquella mujer casada lo prohibido, el susto, la atracción, el juego, cautivaba. Durante un tiempo vivimos romances, amores, y sensaciones. Un día en una cama de alguien mientras yo la desvestía, aquella mujer saco su teléfono móvil y me mostro la foto de su familia: esposo e hija. Jamás entendí porque lo hizo, en un momento como ese ¿qué buscaba? ¿qué esperaba? desistí y ella se acomodó el sostén. No dijo nada, solo contemplaba la foto. Yo me preguntaba qué significaba aquello: ¿Arrepentimiento? ¿culpa? ¿venganza?

Nina y yo intentamos rescatar la relación, yo deje de ver aquella mujer y ella… nunca supe si Nina dejo de ver aquel hombre, jamás pregunte nada.

Viajábamos, amanecíamos en una ciudad, luego un pueblo, volvíamos a la ciudad, trabajábamos y todo fluía naturalmente. Pero, la duda aparecía en mi mente, cada vez que hablaba por el móvil o estaba en internet, se convertía en un río de pensamientos, celos, odio y sufrimiento. Me preguntaba qué hacía yo en una situación como esa.

Por cada discusión yo pensaba en separación, aventuras y pasión. Conocí una linda chica de un pueblo alejado de la ciudad. Tenía una pequeña niña de ojos tímidos y sonrisa inocente. Yo estaba seguro de amar a Nina, la adoraba, tal vez la idolatraba. Pero todo el sentimiento se ocultaba cuando recordaba la otra persona en su vida. Así que yo buscaba consuelo, refugio, amores en otras personas.

Siempre pasaba lo mismo, al volver con la mujer que amaba, todas las demás desaparecían o, mejor dicho, yo era quien desaparecía de sus vidas. Fue ahí cuando aprendí que el valor del amor está en las obras, no en los sentimientos.

Equivocadas decisiones que se toman en la vida y que hacen daño a los demás. Finalmente, Nina y yo dejamos de vernos. Costo mucho, nos amábamos – o eso creíamos – lloramos, nos abrazamos, nos despedimos una y mil veces.

Cambiamos de números telefónicos, de oficina, de trabajo. Amarla no basto, solo porque nunca supimos qué era el amor, vivimos de sentimientos, de emociones, pero jamás nos responsabilizamos por nuestros actos.

No valoramos ni respetamos lo que sentíamos, sufrimos y no fue culpa de nadie más que de nosotros mismos. Jamás supe ni confirme si realmente hubo otra persona en su vida: ella no confeso nada, y yo oculte lo que creía saber.

En ciertos momentos pienso: ¿qué hubiese pasado si no me hubiesen dicho eso, o si no fue verdad lo que alegaron y yo me comporte así con ella? Nina quizás nunca fue infiel y yo en base a eso lo fui varias veces. ¿No saber que es realmente el amor justifica la infidelidad?

>> Violeta estaba ansiosa, inquieta, sudaba y tomaba los tragos demasiado rápido. Se preguntaba qué estaba haciendo él ahí.

>> Dos años después de la separación de Anthony y Violeta, ella y Cristina se conocieron y se hicieron amigas. Hasta ese momento ella nunca supo que su novio "Anthony, o Tony como ella le decía" era dueño del pasado de Violeta.

Él tampoco supo que ambas eran amigas hasta el día de hoy, cuándo, sentados todos en la Joseph Platz de Viena, compartiendo una botella de Vodka, cada uno contaba su historia. Cristina fascinaba a sus amigas con historias sobre su novio viajero, que visitaba lugares, que era Arquitecto y construía edificios, pero hasta ese momento, nunca se los había presentado.

>> Violeta perturbada no dejaba de preguntarse qué hacía Anthony en una reunión de amigos.

Anthony prosiguió.

—Después de aquella separación, decidí estar solo por un tiempo. Me dedique al trabajo y a la universidad. Un día viajando a otra ciudad, sin poder ver más allá de mi jornada laboral, o buscando quizás solo espacio y aire diferente, en el mes de noviembre la encuentro a ella, Esther, Ingeniera de una gran empresa petrolera de la localidad donde mi hermana reside.

Llegando a la casa de mi hermana, después de acomodar el equipaje, saludar a mis sobrinos, comer. Mi mente quería descansar, pero mi cuerpo pedía cerveza, baile, disfrutar del clima, "soy turista" – me decía –. Salgo, conozco lugares, cómo de todo, me embriago, – vuelvo a comer de todo –, llego a casa me señalan donde voy a dormir y no sé nada más del mundo. La mañana siguiente. Ahí está ella, haciendo de todo tan natural y yo sin poder dejar de verla. Desayuno, me baño y quiero salir, pero ¿cómo la invito?, le presto el teléfono móvil a mi hermana y escribo un menaje, ¿y ahora? ¡no tengo su número! decido mostrárselo, ella sonríe, borra el mensaje y me devuelve la respuesta. "No puedo", me sorprendo, me decepciono, quería salir con ella. Le vuelvo a escribir – insisto en salir –, lo lee, de nuevo sonríe y me gusta, responde esta vez más amable, si podemos salir, pero mañana, hoy voy a estar ocupada.

Decido salir solo, conozco gente, hoteles, piscina. Camino por todo el lugar, pienso en ella ¿a dónde la llevare? ¿qué le gustara? Espero ansioso el día siguiente.

Por fin salimos, le pregunto sobre su vida dice que quiere ser parte de la gerencia de la empresa donde labora, se siente preparada para el cargo, afirma que no la han dejado subir de puesto, y que en el amor no ha tenido mucha suerte.

— Hace cinco años que trabajo como Ingeniera — me comento Esther —, soy responsable, me gradué con uno de los mejores promedios, he visto pasar jefe tras jefe, coordinadores y supervisores van y vienen, siempre nombrados por tener "experiencia" y más años que la misma estructura. La escucho reír y también lo hago.

— Debes de estar aburrido con mis palabras.

— ¡No! tranquila, me gusta escuchar historias — respondí —. Salimos del restaurant y fuimos a la casa. Mi hermana nos mira con rareza, quiere preguntarnos algo, pero no se atreve. Su mejor amiga estaba de visita en su casa, su hermano también, (estaban saliendo). Hablo con Esther, la invito a bailar en la noche, ella acepta. Llegamos a una disco recién inaugurada, nos quedamos afuera; no entramos, cambia de opinión y nos vamos a otra. Nos encontramos con buena música donde la gente puede cantar, nos facilitan una mesa y pido una cerveza.

— Algo que no me gusta de ti es que tomas mucho.

— Estoy de vacaciones, contesto.

La miro a los ojos, ¡me gusta esa mujer! — pienso — es pronto para decírselo, pero imposible no hacerlo. Sonríe y baja la mirada. El mesero interrumpe el momento, sirve otra cerveza, quiero besarla. La gente canta; baila, se ríen…

Esther y yo salimos del lugar, caminamos y seguimos hablando de nuestras vidas. Buscamos un lugar más agradable. La tomo de la mano, la abrazo y no la beso. ¿Por qué no la beso? no es igual a las demás, transmite otra cosa, — serán las cervezas —, ¿por qué no puedo besarla, llevarla a la cama y culminar la noche? que tiene esta mujer.

Hablamos toda la madrugada, no nos alcanzaba el día para conocernos, utilizábamos la noche. Llega el día siguiente, mi mente quería darse contra la pared, porque no pude hacer lo normal, ¿y qué es lo normal? ser fácil, llevarla a la cama y al otro día hacer como si no pasara nada, — claro, ¿hay otra cosa normal? —. Mejor me baño y salgo a desayunar, debo dejar de pensar.

— La veo, la saludo, está más hermosa que ayer. Pienso y reflexiono, ¡esa mujer es distinta! muchas mujeres no se dan el respeto que ellas mismas merecen, y fue lo que me atrajo a Esther.

Me comentan sobre una población andina que aún conserva la arquitectura colonial, estoy cerca a solo 40 minutos, ¿porque no invitar a Esther? le pediré que me acompañe a conocerlo.

Ella acepta, notamos que el clima es variado por la altitud, lo mismo que la vegetación. Montañas con pendientes muy pronunciadas y el bosque es nublado.

Un sitio perfecto: lo recorremos, nos tomamos fotos, montamos a caballo, nos hacemos tatuajes que duran un día. Disfrutamos de los paisajes y comemos fresas con crema.

Nos sentamos y discutimos sobre sus deseos de ser jefe y del amor.

Esther de nuevo pensativa, me dice: debemos conceder a los demás la responsabilidad por sus propios problemas, igual como en el matrimonio cada uno tiene sus obligaciones. Lo mismo pasa con los empleados, debemos hacer que sean responsables, que aprendan a cuidar su trabajo. A hacerlo mejor cada día, ellos son los únicos que pueden crecer dentro de ellos mismos. Prepararse si desean aprender y, cuando sepan el valor del aprendizaje, enseñar a los que aún no lo saben. Ahí serán jefes.

En medio de tanto frio, paradójicamente una heladería. Entramos, no pido nada, ella pide variedad de sabores con muchas fresas, dice que son las mejores porque son cultivadas aquí mismo.

— Muchas personas critican a sus jefes, le comenté a Esther, cuando se buscan defectos es difícil manejar la situación. Hay que inspirar el éxito en los demás para que cada uno sienta que es parte de algo. Es importante asumir los errores de tu grupo como tuyos.

— Me gusto eso, creo que vas a estar en mis sueños, tú llegaste justo cuando te necesitaba — agrego ella sonriendo —.

En ese momento ella me miró fijamente a los ojos, como arte de magia todo lo volvió tolerante con unos besos que me hicieron pensar que su vida era mía y mi alma de ella.

Jamás he sabido si los ángeles existen, pero ella tenía encantos especiales, incluso creo que hasta mi suerte cambio. Prometí adorarla, un pasado que lastimaba fue borrado.

– Jamás olvides lo que este hombre te quiere – le dije –.

– Se feliz mientras se pueda – alego –.

– Te metiste en mi corazón muchachita.

– Fue un hechizo – dijo haciéndome una mueca y frunciendo el ceño –.

– ¡Dios mío!, esos ojos color miel es lo más lindo que has creado – exclame en un intento por hablar con el todopoderoso –.
>> Ella sonrió de nuevo.

– Creo que estas ansioso, ¿quieres explorarlos?

– Tu mundo, tu intimidad, tu sonrisa, todo. – dije con voz firme –. Te invito a querernos, las ilusiones de mi alma se ven calladas y solitarias sin ti.

– Sírvete un trago, hazme compañía esta noche, y cuéntame con devoción por qué crees que nacimos para estar juntos y amarnos – me dijo Esther –.

Mientras la conversación discurría y se extendía, me convencí de que ese no fue un encuentro casual, era tan natural, nos reíamos como locos, proferíamos gritos altos de carcajadas y decíamos palabras que creaban un ambiente proceloso o agitado.

Detallamos un rato largo los enamorados que se besaban, otros abrazados semejantes a las nubes y la lluvia. Esa noche, como otras veces, ella me contaba trozos de su vida. Hubo razones de más para amarla. Urdimos nuestros siguientes encuentros, los preparábamos en secreto. De repente nos veíamos con el amanecer en los ojos en cualquier sabana de un hotel.

Nos internábamos en recuerdos y suspiros para recobrar o tener lo que antes se poseía, lo perecido, tan sólo por un ratico. Momentos irrecordables se intentaban sumar al momento, pero no lo lograron. Indiscutible era el privilegio de amanecer con ella. Inmediatamente al despertar comenzaba a besarla por todo el cuello. Ella expandía sus brazos y entregaba su alma.

Uno a uno iba acariciando sus senos, los mordía, los tocaba con delicadeza y mientras mi pene se iba poniendo erecto, mi mano los acariciaba con más fuerza. Ella cerraba sus brazos y clavaba sus uñas en mi espalda. Empezaba a humedecerse y su cadera se movía de arriba a abajo lentamente. Yo seguía recorriendo todo su cuerpo. Algunas veces me detenía solo a verla ahí tan mía, con sus ojos cerrados esperando la penetración y el orgasmo.

Al llegar donde la lengua se esfuerza por estirarse, ser más larga y moverse de un lado a otro, ella subía sus manos hasta la cabecera de la cama y las fijaba ahí mientras hacia un esfuerzo enorme para no cerrar las piernas.

Yo disfrutaba de sus fluidos dulces, y de esa cavidad que cada vez se hacía más adaptable a mi nariz y mi rostro. Ella luchaba, pero mi lengua alcanzaba la meta y Esther se corría mientras mi boca aún seguía capturando todo el líquido espeso y transparente que salía de ella. Ella gemía, lloraba, abría y cerraba las piernas una y otra vez. Luego se soltaba, levantaba mi cabeza y me besaba. Me hacía señas para que me pusiese de pie sobre la cama. Y empezaba a morder mis testículos y a chuparlos con una suavidad y unas ganas que hacían que mis ojos se cerraran.

Con mi pene erecto y húmedo, ella lo recorría con su lengua poco a poco mientras un líquido bajaba por mi glande, inundaba el prepucio retraído y se deslizaba lentamente hasta llegar a su boca. Ella lo esperaba con agradecimiento.

Colocaba su mano entre el pene y los testículos y empezaba a dar suaves masajes mientras se lo introducía en la boca. Lo hacía lento y cambiaba de ritmo hasta que mis manos la tomaban por sus cabellos, abría mis piernas y mi cabeza se torcía hacia atrás cuando sentida como el esperma se movía, circulaba por mi miembro erecto y salía con velocidad hasta llegar a su garganta.

Ella no dejaba derramar ni una gota.

Se cambia de posición, colocaba su cabeza en el colchón, acomodaba sus rodillas, y subía su cadera hasta el cielo.

Yo bajaba y con cara de alegría, poco a poco pasaba mi lengua por su ano. Lo recorría circularmente. De nuevo ella clavaba sus uñas, esta vez en las sabanas y las almohadas.

Yo introducía mi lengua y movía mi cabeza de adentro hacia afuera. Una y otra vez. Hasta que su cuerpo me pedía la penetración.

Me levantaba, colocaba mi pene entre sus labios vaginales y la tomaba por la cintura. Ella subía el volumen de sus gemidos. Cuando me pedía que parara e intentaba quitarme con sus manos sudadas, yo sacaba mi pene y lo introducía en su ano humedecido por mi lengua. Ella dejaba de resistirse y de nuevo las sabanas y las almohadas pagaban las consecuencias.

El cambio de posición se realizada de nuevo y ella empezaba a dominar la situación. Se colocaba de espalda, ponía sus hermosas nalgas frente a mí y se permitía libertad. Hacia lo que quería con mi cuerpo y el suyo. ¡Malditas ganas de acabar! decía mientras se tocaba los senos, y se apretaba por dentro.

A mí mismo me parecía inverosímil tanta felicidad, quizás poco creíble. Pero más que ilógico y absurdo, era comprensible lo que sentía, mi estómago producía burbujas que subían al interior del corazón y hacían bullir mi cuerpo dando muestras de una gran actividad y ocupándose de muchos sentimientos.

Sus ojos de cristal que enamoran se convertían en imprescindibles para mí. Más que las manos de las putas de la taberna que te acarician bailando, haciéndote olvidar la aprensión de a cuantos no abra acariciado igual, creándote un recelo, un temor por miedo a ser perjudicial o peligroso en especial para tu corazón, que, al punto de llegar hasta ellas es porque estas jodidamente solo.

Tal vez mi deseo por saber, por conocer de ella con un espíritu investigativo, me permitió llegar al objetivo apetecido. Una vida feliz mediante la búsqueda de tranquilidad, serenidad, ataraxia del alma, impertubación de los sentimientos que muchas veces se contraponen a la razón obteniendo un equilibrio mental y corporal. Los sentimientos, emociones e impulsos de nuestros cuerpos y almas se perfeccionaron en su conexión y no individualmente, fundamentamos nuestra vida sobre la reflexión, muchas ideas y anhelos se inclinaron hacia esto. Yo me convertí en poeta, en juglar y bardo, ella en mi maestra de vida, exploramos todos los campos posibles del amor, espiritualidad y conocimiento.

Como filosofía de vida nos inclinamos preferentemente hacia el principio último de la autorreflexión y autoconcepción del amor. Así que asumimos un carácter puramente de respeto hacia los pensamientos del otro — aún me encuentro bajo ese influjo —, dónde se eleva el amor, la voluntad y descienden, proporcionalmente, las diferencias.

La razón y la verdad oscilaban entre Esther y yo. Tanto el uno como el otro escudriñábamos los problemas hasta la génesis de este para resolverlos.

Cada día entablábamos una relación más íntima entre problema y resolución para encaminar la totalidad de esto al respeto por el otro, el autorrespeto y el respeto mutuo creando un lazo común de unión.

Un conglomerado de valores flanqueaba nuestra conducta en sentido estricto, esto no era un fin absoluto, sino la vía que condujo a la concepción del verdadero amor y el significado real del verbo amar con principios formales del disfrute, goce y atención mutua entre nosotros.

— Sé que soy aquel que imaginaste. Sabes, he puesto esta relación preeminente en lo más elevado, es algo muy importante para mí. — Le comenté a Esther —.

— ¡Que tierno! Me gustan esos detalles — afirmó ella — tus palabras raras me causas una excitación descontrolada. Siento que necesito conocerte, descubrirte, eres interesante.

— Gracias — agregue sorprendido — eres tan sincera, contraria a las que había conocido tiempo atrás.

— Soy una princesa sin castillo y tú eres mi refugio, mi anhelo — expuso ella cantando, tomando un trago y sonriendo —. La sinceridad es parte fundamental de mi —

afirmo mirándome a los ojos –. Imagínate que vengo del más allá y que ahora soy tuya.

– Un amor divino – agregue –.

En ese momento ella mordió mis labios, nos percibíamos felices, amados, nos acariciábamos y sentíamos nuestros cuerpos. Nadie pensó que esa noche, con una pasión en la sangre, dos personas derrotaban el desamor.

De regreso a mi mundo, mi trabajo, mi casa. Recuerdo a Esther y sus deseos de entrar al complicado pero mágico mundo de la gerencia y el liderazgo. Conduciendo hasta la capital del estado, pensé en lo importante que iba a ser esa reunión sobre liderazgo político, discutiríamos seguramente sobre las elecciones próximas, y como movilizar a los electores. Yo, Arquitecto, trabajador de una constructora, hago vida política dentro de mi estado. Llego a la reunión con muchas ideas, pero siempre es mejor esperar callado, observar y ver cómo se desarrolla todo.

Hablaban de coordinar todos los empleados públicos, eran una gran masa que, bien organizados, podrían encaminar muchos votos hacia las urnas electorales. Recordaba a Esther, si trabajara en mi estado, seguramente podría manejar este movimiento en busca de votos.

Después de escucharlos, no puedo evitar levantarme. Me presento, y comienzo hablar sobre la conducta de las personas, cómo hacer para invitarlos a votar y no ser discriminatorio, sino más bien audaz (de todas formas, aunque los lleves obligados, no sabrás con exactitud por quien votaron).

Agrego que, las personas piensan en su bienestar, en lo que es y va a ser bueno para ellos y su familia (mejores salarios, mejores oportunidades, seguridad) igual que los empleados de la constructora cuando nos reunimos para saber sus inquietudes, y así mejorar la formación laboral y su desempeño.

Expongo que, tanto los empleados públicos como privados, necesitan de atención casi personalizada, es decir, necesitan saber que son escuchados, que no solo verán ayuda política en momentos de elecciones, al contrario, es bueno firmar contrataciones colectivas que les permitan a ellos verse ahorita e imaginar cómo los líderes políticos los ayudaran en los años que dure su mandato.

El liderazgo no es solo manejar masa, sino cumplir con las promesas y responsabilidades que estas adquiriendo con tu palabra; los cuales verán en hechos los empleados y/o electores, quienes mantendrán en lucha tu puesto político porque les generas confianza y bienestar. Veraz sus anhelos hechos realidad porque fuiste capaz de darle seriedad a los más fuerte que tiene el hombre, el habla.

Tanto en la constructora, como en la política siempre trato de no ofrecer nada que no pueda cumplir, porque eso es contraproducente en tu gerencia. Ellos te ven como líder; como jefe. Como alguien en quienes se reflejan y hasta piensan en que sus hijos algún día serán como tú.

Si no eres capaz de estar en situaciones críticas, no comprometas tu cuerpo ni expongas tu mente, es la parte donde el líder se estanca por querer resolver muchas cosas a la vez, y ninguna persona por muchos conocimientos que tenga, puede dirigir y resolver todo, hay que delegar funciones y supervisarlas. Aplauden, me siento, tomo café y respiro. Fotos y saludos, me presentan esta y aquella persona importante. Se acerca un banquero quizás el patrocinante con más dinero de la campaña, me pregunta:

– ¿Por qué los empleados se vuelven malos? – ¿cómo? – le respondí impresionado –.

– Si usted sabe, son buenos al principio, pero después van bajando su eficiencia.

– No se vuelven malos, solo que nosotros por ser "responsables" los volvemos una carreta.

Empezamos a sumarles peso. Como no faltan, lo enviamos a trabajar los fines de semana y feriados. Le asignamos una, dos, y tres tareas que nos permitan a nosotros mantener una buena coordinación en ese departamento. Cuando nos damos cuenta le hemos puesto tanto peso, que lo ahogamos con responsabilidades, casi siempre ganan lo mismo y los alejamos de su familia.

Debemos tener especial cuidado de no aplastar las cualidades de los trabajadores a medida que ellos se van desarrollando. Muchos de los problemas se resuelven hablando y escuchándolos, los demás trabajadores no son tan responsables como este, pero hay que buscar el porqué, de seguro no están cómodos en ese sitio, no es por complacencia, sino más bien hacerlo para impulsar las aptitudes y eliminar los malos sentimientos que pueden estar causando el descontento. Quizás sienten que pueden tener mayor responsabilidad y jerarquía, y que no se les ha tomado en cuenta y lo mejor es enfrentarlos a ellos mismos a su verdad.

Colocarlos en el puesto necesario para que choquen con su misma pared de ego, y sin hacer nada más, veraz que ellos mismos te pedirán volver a donde estaban. O te demuestren quizás lo que nunca habías visto de ellos. Infinidades de veces los gerentes, no se dan cuenta de los conocimientos y logros que pueden tener los trabajadores, simplemente porque los enviaron hacer una tarea, lo hiso mejor que ningún otro y ahí lo sembraron como una estatua.

Hay que tener en cuenta que los empleados desean crecer y muchas veces tienen más amor por la empresa que los mismos dueños. Al estar en un departamento, te demuestran que lo pueden hacer de manera excelente, no para ser estatuas sino para brillar y llamar la atención en ti, queriendo ir más lejos o simplemente desarrollarse en lo que les gusta o en donde se han formado académicamente.

– ¿Quieres café? – Me preguntaron –.

– Si claro. Les voy a contar algo.

El primer error siempre es tuyo, me lo enseño el dueño de la constructora donde laboro. Cuando los empleados están haciendo algo mal, antes de juzgarlos, debemos sentarnos con ellos y estudiar algo muy importante y que muchos dejan de lado, y es la gestión de procesos.

– ¿Más café?

Acepte, nos reímos y seguimos hablando. Me contaba mi padre, que las personas le dan más valor a lo que les cuesta que a lo regalado. Él decía, que si siembras un árbol lo riegas, lo cuidas, te tomas fotos con él, pero si lo siembra el gobierno, da igual cortarlo o dañarlo. En las organizaciones la motivación del personal es nuestro árbol sembrado, hay que cuidarlo. Si lo hacen, ellos se lo agradecerán y Dios los bendecirá.

Al salir invito a Esther a pasar el fin de semana conmigo. Pienso que nuestras vidas se transformaron inmediatamente al conocernos. Súbitamente se unieron nuestras almas, aún sin saber lo que vendría después.

Siempre nuestro comportamiento al amar se superponía a todo lo demás. El tiempo se lentificaba al vernos. Sabíamos escucharnos en tiempos difíciles y agradecíamos los buenos momentos.

El amor consolaba el espíritu y el alma. No dependíamos del todo el uno del otro, pero caminábamos juntos. La dependencia no significaba no amarnos a nosotros mismos primero. Éramos humanos, sentíamos: miedo, rabia, celos, pero no dejábamos que afectara nuestro vinculo porque sabíamos que esas emociones pasan.

Estoicamente estaban nuestros actos, teníamos fortaleza y dominio de sí mismos. Con virtuosismo y una gran habilidad desarrollamos el arte de amar como una obra natural. Ella adoraba mis conocimientos varios, yo clamaba su olor a frutas de frasco.

Un mérito artístico y privilegiado poseía su dialéctica, discutía y dialogaba conmigo, descubría la verdad siempre, me confrontaba con razonamientos y argumentos contrarios entre sí. Los goznes que fijaban nuestros corazones como herrajes articulados de un portón o bisagra de ventana, abatían o hacían bajar y descender mi poesía desde la mente hasta la palabra hablada y me doblegaba alrededor de su figura y rumbo.

Pero yo sabía que Esther andaba en otro mundo que no era solamente de amor, de camas con olor a genitales. Ella recorría el orbe del liderazgo, la influencia del actuar de las personas. Yo en la aplicación de la autarquía, en un sistema económico donde nuestros propios recursos nos abastecen, pensaba en la política de pocas importaciones.

Era la madrugada del sábado, Esther y yo estábamos bailando en un bar con nombre que sonaba a familia, pero sin niños, ni abuelos, ni animales. ¿Por qué se llamarán familiares?, no lo supe nunca mientras estuve allá. Quizás era tácito o sobreentendido por algunos. Pero mi parvedad o escasez por la definición de este bar familiar era en efecto, tal vez, de ingerir cebada liquida con alcohol y almidón fermentado con levadura.

Pero era una vida digna de dos que se amaban. Un cariño contraído en esa época y en ese tiempo, donde, avanzábamos por el camino de la tolerancia, el balanceo de los sentimientos afectivos y tiernos que emocionaban con facilidad. La relación se manifestaba como un desplazamiento trascendental del amor al alma, del alma a los pensamientos y estos a los actos.

Defendíamos un conjunto de sentimientos y pasiones con entusiasmo y convicción en pro de una estremecedora esperanza, esto nos hacía despertar cada mañana y nos reanimaba algunas ilusiones. Era una cosa inaudita. Nuestro amor se renovaba sin cesar, nos llevó a conocer ciudades: Montevideo, Buenos Aires, Quito, Caracas. Nuestra alegría era propia de los viajeros absorbidos por el prodigio de la cultura, naturaleza y las urbes que muestran su magnificencia.

Todo un con un conjunto de reglas poseíamos interiorizados y asimilados profundamente, principios considerados normas básicas cómo el respeto de lo pensado y sentido.

Nos declarábamos contentos, determinados a ser felices, ciertamente, en la cúspide.

A las diez de la mañana del domingo, Esther estaba encantadora, perfumada, en la habitación se respiraba a ella. Una lluvia delgada termino de envolver el momento en alegría, en gracia. El inagotable e irreprochable esplendor de la lo magnifico estaba a la vista. Había una admiración especial. Cesaba la lluvia, corría el viento y volvía a llover.

– ¿Quieres ir a desayunar? – le pregunte a Esther –.

Ella sacudió la cabeza. ¡Vaya que flojera! – dijo ávidamente, ansiosa por que volviera a la cama –.

Esther acomodaba mi bálano en la profundidad de su cérvix, se movía como trompo desenrollado y conseguía orgasmo, exaltación y espasmo. Clímax dirían algunos. En el rostro tenía un matiz rojizo triunfante. Yo entendía aquella expresión de alegría. En ese instante expresó:

– Este es el amor que defendéis –.

Hubo un momento de silencio, interrumpido varias veces por gemidos y movimientos involuntarios. Saturados de emociones, esa, fue una escena divina. Buscamos razones para no detener aquello. Era un momento de esos de nosotros, de plenitud, promulgada por la evidente ropa en el suelo.

El sol se dejaba ver de nuevo, sorprendiéndonos cuando la acogía en mis brazos. Instantes más tarde, un – te amo – se hacía eco entre nosotros dos. Ustedes pueden figurarse el encuentro.

Al salir tomados de las manos, elegimos pasear, hablamos de la noche anterior cuando nos sentimos libres. Era preciso captar el olor a lluvia que por ahí había pasado aplacando el polvo, sacándonos por un momento del combate del bien y del mal.

No nos olvidábamos de amarnos, pues sentíamos uno por el otro, pero tampoco de obrar bien.

Después del abrazo fraterno con personas que no conoces, casi al final de la misa llega el espacio de tiempo determinado para reflexionar sobre lo que el cura ha leído, pensé en cuan exitoso líder fue Jesús. Con tanta grandeza y tanto poder, insistía en que "los gobernantes oprimen a sus súbditos", como pasa en muchas empresas que he visitado donde los gerentes o jefes ven a los trabajadores como inferiores.

>> ¡El jefe debe ser un servidor!

Recuerdo que muchas personas queriendo ser jefes no piensan ni un solo instante en la dedicación que deben de tener, el tiempo que deben ofrecer a los demás, dejando a un lado la rebeldía de trabador que cumple su horario y se va.

>> ¡Considerar a los demás como superiores a uno mismo!

Humildad. Un valor que debería aprenderse en casa, antes de correr o ir a la escuela. Es importante recordar que la responsabilidad de dirigir un proyecto, una empresa, aun cuando se haya motivado la participación y delegación de funciones en tus subalternos, es que la decisión que se tome:

difícil o equivocada. Siempre es tuya. Después de la misa salí de la iglesia, llame a Esther y la invité al cine, quería ver una película. Me respondió "estoy ocupada" pero me pidió que fuese hasta su casa. Después de unas horas de viaje la vi, estaba más hermosa que nunca. Me invito a pasar, almorzamos y me explico las nuevas responsabilidades que le habían asignado.

– Quiero incentivar a los trabajadores, he visto como han desahuciado a los que ellos llaman "malos empleados" – me dijo –.

– ¿Y cómo piensas hacerlo?

– Precisamente quiero que me ayudes a buscar estrategias que me permitan levantar su autoestima, quisiera saber cuál es el motivo de su descontento para incentivarlos a mejorar su comportamiento.

– ¿Sueldo quizás?

– No, es más que eso. Muchas personas siempre trabajan hasta donde les dicen: ni más ni menos. Teniendo cualidades y actitudes no entiendo como no las aprovechan, pudiendo surgir o cambiar, desarrollarse donde más les guste, siempre están donde los sembraron como estatuas.

– Esther el que tiene mente de obrero siempre va a ser obrero – respondí haciendo una mueca –.

– No estoy de acuerdo, los obreros hacen un trabajo respetable y aunque muchos no estudiaron su labor la ejercen con dignidad. Para que un médico pueda dar una consulta especializada necesita que su camilla este limpia, si no lo está, el paciente estará insatisfecho y el especialista será criticado por no tener un ambiente adecuado a la situación. El médico, el personal de mantenimiento y hasta el vigilante pertenecen a un grupo, si uno de ellos falla, todos fallan.

– No me refiero a eso. Trato de explicarte que cuando un trabajador inserta en su mente que solo es bueno para lo que está haciendo, es difícil alejarlo de su cuna laboral: allí nació, allí murió. Pero no es imposible, hay medidas o alternativas que nos permiten a nosotros como gerentes ejercer la docencia institucional, convertirnos en garantes de ideas didácticas que renueven su vocación, motivación o incluso estudios que comenzaron y no terminaron.

El verdadero líder se muestra accesible y se pone a disposición para mejorar e incluso impulsar a sus empleados – sin miedo– porque sabe que la mejor forma de aprender es tener profesionales a su lado.

Y cuando hablo de profesionales no solo me refiero a las personas graduadas con estudios superiores, porque muchas personas con títulos he visto, pero solo he visto los títulos, porque las personas no demuestran nada de lo que dicen sus cartas que debieron de haber aprendido. Hay profesionales sin títulos que son excepcionales en la actividad que realizan, entonces, profesión es: dedicarse hacer algo y hacerlo bien. Busco por todos los canales de la televisión y no hay nada interesante, termina un programa, y espero con la esperanza de que comience una buena película.

Esther sigue anotando y anotando información, le pido que se recueste conmigo que descanse, a veces las ideas son como el control remoto: cuando dejas de buscarlo aparece.

– Creo que es importante saber los deseos de los trabajadores porque los considero importantes e interesantes. En el fondo, todos tenemos la necesidad de destacar socialmente, de tener un ambiente organizado, estable, y la necesidad de sentirse seguros – dice Esther –.

Voy a apostar a la motivación para conseguir que mejore el desempeño de sus actividades y así conseguir el resultado que espero.

Lo importante y creo que lo principal que se debe tener para conseguir el éxito es querer aprender, siempre hay que ampliar los conocimientos.

– ¿Por qué muchos empleados se sienten mal al dejar la oficina, si han sido cambiados para otro sitio con más responsabilidad? – le pregunte a Esther –.

– He aquí la repuesta: Todos somos reemplazables, pero cada uno tiene una huella única que deja plasmada donde quiera que va. Por alguna razón muchas personas al llegar a la oficina la llenan con objetos y recuerdos familiares como si fuese la sala de su casa, no es que nuestras familias no nos inspiren a ser mejores, sino que ¿dónde está la diferencia de llegar a tu casa o a tu oficina?

El apego al trabajo, y en especial el sitio específico donde realizas tus labores, existe. Debemos tratar en lo posible de vernos como agentes de cambio y mantener ese ejemplo para nuestros empleados. Aceptar que podemos estar en cualquier área porque somos líderes transformadores, lo único que viaja con nosotros es nuestro conocimiento, nuestras aptitudes y nuestra fuerza.

Unas de las críticas que generalmente escucho cuando visito algunas organizaciones, es la eficiencia vs la ineficiencia del trabajador cuando su jefe ordena cosas de las cuales él mismo no es capaz de solucionarle a su departamento y a sus empleados.

Por ejemplo: el jefe envía a imprimir cantidades de memorándums y documentos, el empleado eficiente piensa que las excusas son de tontos y, aunque no tiene una impresora busca la forma de cumplir con sus funciones. El ineficiente inmediatamente se queja porque no tiene donde imprimir y obviamente no lo hace apoyándose en sus alegatos.

Muchos estarán pensando que el trabajador ineficiente está totalmente equivocado, pero critiquemos un poco al jefe, todo tiene un límite, y el eficiente seguro se cansara algún día de imprimir en otros departamentos para mantener la eficacia de sus obligaciones. Entonces, seguramente cuando se canse ya no será eficiente para su jefe.

Siempre como líderes, gerentes o jefes debemos mantener un punto de estabilización y tratar de no deteriorar el trabajo de nuestros empleados eficientes, si te resuelve en algunos momentos, nunca pienses que lo hará por siempre, porque él te ayuda para que tú te des cuenta de que debes proporcionarles las herramientas para mantener un óptimo trabajo, que es realmente lo que esperamos de ellos.

Esto pasa en muchas ocasiones, en muchos departamentos, en demasiadas empresas y nosotros los líderes somos los que debemos impulsar el cambio a partir de ahora.

Vivimos en un continuo ir y venir de oportunidades y nosotros como líderes solo podremos enseñar lo que sabemos, nada más. Y cuando no tengamos información de algo, es importante saber que solo aprende el que, al tener dudas, investiga.

– ¿Cómo pudo llegar a descubrir mi liderazgo? – de nuevo le pregunte a Esther –.

– Hace mucho tiempo trabajaba en un departamento donde, la única forma de llegar a subir de cargo, fueron las palabras de la jefe que estaba ese momento, ella veía en mi la fortaleza para ocupar un puesto de mayor responsabilidad, pero yo no había terminado de graduarme. Recuerdo que un día me acerque a ella buscando la oportunidad de demostrarle mis intenciones (y sueños en ese entonces) de querer ejercer otro cargo, y sus palabras fueron "termina de estudiar y yo te ayudare".

En mi estaba ese sentimiento de – yo puedo en estos momentos ser lo que quiera porque me siento capacitado –, pensamientos que a muchos nos ha pasado por la mente. Frustración momentánea, rencor tal vez, pero no me daba cuenta de que ella solo me quería ayudar y tener una buena base para lo que tenía en mente.

Cuando logre graduarme casi de inmediato ella me nombro su asistente, fui su discípulo, ella mi guía, y me mostro todo lo que a través de su experiencia sabia.

Cada día me daba reflexiones y consejos que yo anotaba en mi mente, y al día siguiente ponía en práctica. Me hablo, de cómo ser un líder y no un jefe con un departamento en dictadura, creo que ella tenía un don para ayudar a las personas a encontrar su camino, porque siempre las colocaba en la oficina acorde para cada uno.

O simplemente era la vida, la preparación de las personas o la suerte.

De un momento a otro, muchos comentarios, personas que desde hace tiempo querían el puesto, personas que con más de 25 años trabajando ahí no habían logrado subir, siempre decían que no lo querían, pero en el fondo se notaba el desorden emocional que en ellas se retorcía por no haberlo conseguido.

Lo más importante y lo que me mantuvo de pie siempre fue Dios, la gratitud que con ella tenía por darme la oportunidad y la fuerza para no decepcionarla y dar lo mejor de mí para demostrar quién era yo, y que podía hacer.

Con el pasar del tiempo, recibí muchas felicitaciones, elogios y enemigos. Personas que antes nunca me saludaban y ahora era una especie de comodín o candidato al acumular favores. Llego el momento de saber quién realmente era y de que estaba hecho, cuando jefes superiores decidieron cambiarme de departamento, surgieron de inmediato, alegrías y tristezas, más comentarios, y sobre todo mi mente pensando que hacer.

Pensé mucho en cómo enfrentar la ex comodidad que tenía, la resistencia al cambio y aceptar que otro jefe tendría la virtud de enseñarme algo nuevo o la franqueza de odiarme.

Pedir vacaciones fue mi primer pensamiento como escudo, pero no lo hice, decidí enfrentar la realidad. Solo pensaba ¿por qué me habían cambiado si era "bueno" ?, no lo entendía, pero seguí adelante, cuán grande fue mi sorpresa que al llegar a otro servicio empecé desde cero, conociendo todo el trabajo que se hacía, y en menos tiempo de lo que esperaba se acercó la jefe del servicio, una mujer linda de unos treinta años, con una gran sonrisa pidiendo el favor de que fuese su adjunto.

En ese momento recordé todo lo que había aprendido de mi antigua guía, y respondí que sí, que aceptaba, que está dispuesto asumir el reto.

Poco después de aquel encuentro, la persona que había tomado la decisión de trasladarme de departamento estaba mirándome a los ojos y expresando porque había sido el cambio, lo que ella vio en mí y sobre todo lo que esperaba, a partir de aquel momento de mi nuevo trabajo. He allí la respuesta a la pregunta, aproveche la oportunidad de aprender, de mejorar, de ser más humilde y poder superar mis propias metas. Me desarrolle como líder y era el momento de asumir la responsabilidad.

Los líderes deben tomar acciones y actitudes que demuestren el interés por el crecimiento de sus colaboradores, las cualidades y funciones de un líder permitirán entre otras cosas lograr los objetivos, obtener una visión de futuro y ampliar su capacidad para influenciar. La motivación, las herramientas útiles para el entendimiento efectivo de necesidades o requerimientos, las técnicas y estilos de liderazgo darán importancia a la comunicación y delegación de actividades que permitirán la retroalimentación.

La experiencia, el aprendizaje y el desempeño permitirán la transmisión del conocimiento para la solución de problemas, el mejoramiento del trabajo grupal, el ambiente laboral y la productividad.

Ser líder significa tener conciencia de un equipo de trabajo con respeto al alcance de sus responsabilidades, eso lo logramos cuando delegamos funciones, hacemos llegar incentivos y creamos una cultura organizacional digna.

Dichas acciones originan efectividad del equipo, identificando obstáculos y actuando para minimizarlos, impartiendo eficiencia y eficacia, evaluando el desempeño y administrando el tiempo. debilidades y fortalezas, esto es importante porque creamos empatía y disminuimos los conflictos tomando acciones de cambio que modelen los comportamientos de este.

Al reunirnos con el equipo de trabajo, participamos conjuntamente líder y colaboradores para identificar debilidades y fortalezas, esto es importante porque creamos empatía y disminuimos los conflictos tomando acciones de cambio que modelen los comportamientos de este.

— Me parece excelente tu respuesta, me hacia falta ese tipo de información para resolver algunos casos que tengo en la constructora.

— Estoy a tu orden para ayudarte, además, estoy aquí para desvestirme y jugar un rato…

Un día nos encontramos en un café de la ciudad, ella olía a claveles, yo celebraba la felicidad. Prodigioso quizás, este vaivén del amor.

— El amor se puede teñir de original — dijo Esther —.

— Tal vez sea la vía al buscar porvenir — respondí — uno da su toque de originalidad.

Aquel instante supremo, de dulzura, nos ofrecía el día y su belleza, con unidad y armonía. Sin doble intensión.

>> A priori, tal vez estén juzgando que hasta ahora entre Esther y yo todo parece bueno, pero lo malo, también ha de ser contado y esto es hermoso, sólo que lo primero causa entusiasmo, lo segundo aprendizaje. Me disculpan si he poetizado esta historia, pero así me nace. Fue un amor consumado, el engrandecimiento de lo humano y de los

sentimientos. Considero, con el permiso de ustedes, mi orgullo, por ser varonil y poeta. Por buscar lo sublime, lo esplendido.

Ella y yo nos entregamos el alma, en un proceso que nos permitió las claves para manejar el amor y prevenirlo. Lo razonable siempre fue independiente y la vida libre. Sufríamos en ciertos momentos, pero éramos conscientes y no hubo autodestrucción o autoengaño.

Éramos íntegros psicológicamente, nada de amor superfluo. Valientes y frágiles, sin excusas: robustos y trémulos. A manera de ejemplo, dos árboles creciendo juntos sin enredar sus ramas, sin impedir el crecimiento del otro, con miedos, con temores, pero vivos y unidos.

Asequibles a una buena calidad de vida, con luz peculiar, con confianza y sin dependencias agobiantes. Teníamos, a nivel emocional lo necesario, nos desvinculábamos de lo sobrante.

Reducíamos lo malo. Un libre pensamiento nos generaba paz. En algunas situaciones nos corrompíamos, obnubilábamos, perdíamos el pensamiento y la capacidad de razonar, no nos dábamos cuenta con claridad de las cosas. Pero buscábamos la noble verdad, renacíamos y con nosotros nuestro amor.

Vencíamos y aceptábamos la realidad, nuestras emociones eran necesarias, pero no determinantes. Sabíamos lo imperioso que pueden ser las mismas. Agradarnos no era irracional. Arraigado e indestructible estaba nuestro código, nuestros conocimientos del amarse y del amor. Sus diferencias. El resultado era satisfactorio. Había una pequeña forma de adicción, deseo, anhelo al sexo, al erotismo. Sin obsesión ni abuso, ni ilógica felicidad efímera.

Se notaba la ausencia de ansiedad, de la avidez, del deseo fuerte e intenso de tener o conseguir algo. Éramos psicológicamente independientes dirían los letrados, independientes emocionales los orientales.

Autonomía, la perdida no restaba sentido a la vida. El respeto hacia el pensamiento particular era ley. Si alguno se quería marchar sabíamos lo que debíamos hacer: darle un beso de despedida y unos centavos para el autobús.

Manteníamos una posición digna. No éramos un Kamikaze emocional. Negociar nuestra libertad de pensar y sentir jamás, era inextinguible. Pululaban y abundaban muestras de entusiasmo, pasión, simbiosis. Ayuda y apoyo mutuo entre dos con algo en común.

>> ¿Se mide el éxito en las relaciones por la persona que creemos poseer o por la libertad que le damos?

No es suficiente cuando alguien dice amarte, es necesario la certeza de que es verdadero, el disfrute de las emociones, pero, como se ha dicho antes las emociones tampoco son suficientes para mantener una relación, el amor: el comportamiento que este exige si lo es, aprehende racionalmente las emociones y denota su exactitud y verdad.

Los principios exigen en la relación un aporte reflexivo y critico sin temeridad ni desesperación, con la esperanza de alcanzar objeciones propias y la seguridad de adelantarse a la experiencia, al pecado. El amor se fundamenta en el comportamiento general con conciencia, y es presentado como verdadero y cierto, y ahí rechaza todo lo fugaz de las emociones y se encamina hacia los sentimientos más naturales y puros.

No es facultada ninguna negociación de pensamiento, a lo más, se le permite actuar en rectilíneo con los principios y valores arraigados desde la nueva conciencia, las emociones se nulifican a sí mismas, al llegar nuevas.

Su actuación es refutada al ser mitigada por dogmas antiguos, agnosticismos o escepticismo, que no se aproximan a lo verdadero, sino que constituyen un contrasentido al amor de comportamiento que es concordante al amor de obras.

Por eso coloco este distinto: el amor es el entendimiento entre el pensamiento y el ser. Es útil, valioso, verdadero, concepción de lo humano. Al manifestar ciertas sensaciones obviamente, recurriendo a nuestros sentidos: olfato, vista y sobre todo tacto, experimentamos una íntima conexión entre los dos.

Era el mejor de los momentos, con una reputada asertividad e inteligencia. Nuestro éxito estribo en el respeto a nuestros principios; subterfugio jamás, ese miedo engañoso o escapatoria para solucionar una solución difícil, en efecto, escapar de los problemas, eludirlos, no fue nunca parte de nuestro cariz de vida siempre confrontamos las decisiones difíciles.

En el país donde estábamos Esther y yo, pasaron muchas cosas. Afecciones sociales, insurrección, guerra en las calles, sin principios ni libertad. Con un gobierno que impartió igualdad – casi todos pasaron a ser pobres – menos ellos. Sufragios nacionales y regionales con eslogan de inclusión, en miseria e ignorancia, en pro de una desesperada batalla: unos por las elecciones, otros por la comida.

Indigentes en exponenciales multiplicaciones. Demencia, sufrimiento, privilegiados, dolor, un líder muerto y beatificado políticamente. "Aplausos de focas" se escuchaban en el dialecto común al ver a ciertos seguidores o fanáticos de la política.

Suicidio en una nueva clase, en una nueva forma de acabar la poca vida que tenían. Esperanzados tal vez, unos esperando ser llevados a comer sobras por los gobernantes, y otros ser devueltos al lugar donde, por lo menos, estaban.

Pobres y miserables, una multitud violenta por hambre sufre. Venerando lo excusable, resistiendo, imposibles de conciencia. Extraordinaria la ansiedad. Cerraban sus mentes con cauchos y palos para no dejarse engañar en el próximo voto.

Apoyados en tarjetas de préstamos para salir del paso un día, y morir de hambre en cualquier momento del resto de la semana. Se sucedían exclamaciones de gente que ni luchaba, personas que, sólo vivían de quejas.

Estas, deberían nacer en su próxima oportunidad en cerdos que comen para ser guisados y si no comen con hambre son asados. Comer no hace diferencia para ellos, aplaudir si, quejarse si, luchar no. Agonizante sufrimiento de cólera y arrechera, lamentable la posición de unos y el silencio de otros, odio, ruina, ¿quién edifico esta monstruosa vida?

Anarquía, paroxismo, clamor, gritos y sollozos de un pueblo. Revolución, decían algunos. Una Asamblea Nacional Constituyente que negocio su altivez con el cese de la quema de los impuestos de las personas, enmarcadas en semáforos, señalizaciones, buses y postes de luz.

Muertos que no fueron de nadie – dirían los letrados –. Caos inquieto, guerra civil con otros nombres. Rígida, profunda, elevada, paralela, tal vez indivisible la situación actual y real.

Desiertos de esperanza a corto plazo. Sin vista, un total sepulcro, aquel lugar horrendo de aspecto fúnebre. Atrevido el que pensaba, misterioso el que callaba.

Débiles de alimentos, pero aventureros con un gasto extremo al protestar. Cadáveres y heridos de odio, hasta ahora sin culpables. Fusibles y balas con dueños al disparar y abandonados al azar después del alto al fuego. Inmóviles algunos, otros se arrastraban estremecidos, enigmosos.

Los insurgentes irascibles creaban tempestad. La pelea era afuera y adentro: nacional e internacional.

Así se presentaba un país noble. Pero, el problema que más me aturdía, era el deseo de Esther de quedarse, de no venirse a Viena conmigo. "es mi tierra y me quedo" – expreso tajante –.

Un amor bonito se mantenía, pero dos cuerpos se separaban. Tenía que decidir por ella, por mí, por Viena o ese país. Le agradecía a este pueblo las oportunidades, pero insostenible se mantenía la estanflación. Guerras económicas, políticas e informativas. Boicot en todas partes.

El papel moneda oficial es vendido en otros países a cielo abierto, al aire libre. Era mejor comprar a los revendedores algunos productos que a los negocios formales, los precios eran más asequibles paradójicamente.

Alimentación, salud, economía en fase terminal. Bloqueos internacionales contra un pueblo. Pero a diferencia de otros países la ayuda social se duplico, para unos tardía, para otros precisa.

Esther y yo acordamos una separación armoniosa, por primera vez en todos mis días veía algo así. Nos abrazamos, besamos y agradecimos los momentos. "Esto será un tiempo de madurez" – decía –.

Ella alegaba que ambos conoceríamos personas, lugares, y que el amor ya estaba arraigado en nosotros, lo habíamos experimentado, aprendimos lo importante del comportamiento, de las obras.

>> Esther reparaba en la perdida, pensaba en nuevos desafíos, personas diferentes "las separaciones duelen" – decía –.

— Variedad de opciones tal vez se presenten, oportunidades, hay que comenzar de nuevo en busca de la felicidad, el éxito o el fracaso, pero aquí en mi país, en casa — expresaba —.

Luchar por mi gente, protegerme ante esta herida directa al corazón y a los sentimientos que espero cicatrice. Evitare el sexo sin sentimientos, nada de relaciones ligeras y rápidas con cualquiera. Lo que gusta es veloz, es un momento, lo real lleva tiempo.

Quizás monógama, tal vez conozca a varios, pero no dormiré con ellos. Una cita no es hacer el amor. Nada de vínculos con el pasado ¿para qué comparar? — expresaba —. Nadie supera a nadie, todos somos distintos. No me podre sentir igual que contigo porque los hombres son diferentes, aunque usen la misma marca de perfume.

Uno debe relacionarse con la soledad y con nuevas personas. La pérdida es agridulce, la depresión acida. En un momento dado se experimentarán nuevas emociones y otra relación. Sanar, abrir el corazón a los sentimientos positivos es necesario porque hay razones para hacerlo. El don de la vida y de sentir no será superado ni por vínculo ni por aflicción. El afecto de otro no mejora tu autoestima, la hace dependiente por la necesidad de sentir. Uno es importante y valiosa, sola o no. Hay que perdonar y perdonarse. Soy digna, no menguo.

Hare que los hombres quieran estar conmigo, que agradezcan conocerme. Tendré cuidado con el equivocado. Tomare mi tiempo, quizás sea demasiado pronto. Aunque no busco perfección sino lo extraordinario, encontrare el equilibrio. Me fortaleceré y no apartare el amor de mi vida, de mis días, obrare bien hacia todas las personas. Razones demás hay para comprometerse, para estar dispuesta, para reforzar el valor del esfuerzo. Adiós para siempre al negativismo. Nosotras no dependemos de los hombres, pero debemos aprender a vivir con ellos.

Ni débil, necesitada o vulnerable: receptiva. Capaz de marcar la diferencia, recibir recompensas emocionales. Nada de aislamiento, a lo sumo, reencuentro conmigo misma. Disfrutare la vida, sentiré, no dependeré. Comunicare lo que siento, tal vez, poniéndolo en palabras. Seré espontanea, amare y apreciare. Ese momento, cuando este feliz será el instante adecuado y sublime para aceptar un nuevo compromiso – decía despidiéndose –.

Viaje hasta acá, fue un recorrido de regreso a casa. Todo se convirtió en desafío. Pero seguí adelante, traté de conseguir un camino, una visión, un amor experimentado en correctas decisiones. Al principio, como todo hombre, la euforia se apodero de mí. Pronto estuve involucrado en romances y conquistas, de relación en relación, pero eso no alivio la perdida de Esther.

El corazón no sanaba, no había escape al dolor. No era el momento para un compromiso, no podía dar felicidad, reprimía mis emociones, el deseo de sexo y los sentimientos. Para nada hacía promesas que no podía cumplir. No sentía culpa, pero era hora de partir, ella y yo decidimos. La recordare por siempre y espero que ella lo haga también. Fue, a pesar de todo, un buen final. Tras meses reordenando mi vida conocí a Cristina, por eso estoy aquí. Me sorprendió ver a Violeta junto a ustedes, jamás pensé que ella fuese la amiga con quien compartían.

>> Cristina estaba sin palabras, pálida, no podía creer que su Tony era el ex de Violeta quien estaba estupefacta, tomo el último trago, destrozo la botella y se fue. Clara fue tras ella, Cristina también, las tres lloraron sin consuelo, se perdonaron y la amistad escogió su destino. Andrés le dio unas palmadas a Anthony en la espalda y él entendió el mensaje.

Meses después de aquel encuentro, en el autobús donde viajaba Anthony había letreros de advertencias con escrituras a pequeña escala, seguramente para que nadie las leyera. Un escrito negro y plateado que decía: "Lea la Biblia". Y a su lado: "No montar las patas ni las maletas en el tablero, animal".

Una imagen de Jesús con mirada perdida como autista, la foto de un doctor santo, la bandera de un equipo de futbol español y en los asientos un: Please don´t smoke (Por favor no fumar).

Tony leía un análisis literario: Novel Prize for Literature 1982. Las heridas de las manos del Cristo estaban abiertas, en el pecho había un corazón sangrando, atado con unas espinas entrecruzadas y una cruz negra envuelta en fuego.

Frente a él una carretera larga incandescente, volvió a detallar el Cristo una y otra vez, por si acaso y con respeto pidió perdón por los pecados y siguió leyendo.

Llego al edificio más alto que había construido, dos botellas de vino lo acompañaban, su auto estaba en reparación. De repente una Glock apuñalo su espalda.

– Sólo tengo una bala en la pistola y los recuerdos del vaivén del amor – dijo la voz detrás de su espalda –.
Lo llevo hasta la terraza del edificio, frente a él coloco un cuaderno de notas, una pluma refinada y le pidió que escribiera dónde quería la bala.

– El disparo creara un orificio en el corazón pues es quien ha sufrido tanto, no lo hago por venganza contra él – escribió Tony – pues no lo culpo de nada. No te pido que lo hagas en la cabeza, debido a que el cerebro se ha comportado como un caballero.

El dueño del arma se tomó un sorbo de vino, que alimento su decisión, dirigió la pistola hasta el pecho de Anthony, coloco el dedo en el gatillo, Tony cerró los ojos, recordó el Cristo y también lo que le hizo a Violeta.

>> Después de la separación la había visto con su nuevo novio, abrazados. Los celos encontraron el camino a la

venganza, Anthony contrato a Daniels para que enamorara a Violeta y se separa de Axel. Él acepto el pago para conquistarla y desaparecer.

Lo último que recordaba Tony era el destello de la bala al salir. El doctor dijo que el personal de mantenimiento, al escuchar la detonación, se acercaron, lo trasladaron hasta la orilla del rascacielos y bajaron por el improvisado ascensor que usan para limpiar la cristalería que recubre el edificio. Un taxi presto el servicio para trasladarlo hasta el hospital. Van casi cuatro días desde la operación de emergencia para extraer la bala que no pasó ni cerca del corazón.

En la recepción le entregaron sus pertenecías, un amigo lo llevo hasta su apartamento. Pero cuándo recordó que el agresor le había dejado una nota en su pantalón, rápidamente reviso su ropa ensangrentada y descubrió el papel arrugado donde estaba escrito "Amarse no es un delito. Ni es suficiente".

Su amigo, detective de inteligencia, le sugirió llevar al laboratorio la nota para ser investigado por los expertos en escritura manuscrita. Aunque podría ser un material dubitado, que ofrece dudas. Él argumentaba que es válida la toma de muestras caligráficas para ser examinadas en busca de constantes gráficas, aunque quieran disfrazar la escritura, hay ciertas características y elementos objetos de análisis.

– Compararemos esta nota con las firmas del sistema de registros e inmigración – dijo el detective –, un material reconocido como autentico, indubitado, un modelo legítimo de referencia.

Durante varios días Anthony se olvidó de lo sucedido y del escrito, siguió sus actividades esta vez contratando un guardaespaldas. Muchas veces dejaba vagar sus pensamientos, sus recuerdos y pasaba tiempo sucumbido en el amor y sus vueltas, – Pero a él no lo olvidaba su atacante –. Anthony quería permanecer soltero por un tiempo, con libre arbitrio, Cristina había escogido su amistad con Violeta y no su amor. Dando unas pausas a sus pensamientos, en la desnudes de su decepción y respirando el olor del desamor, prefería mandar todo a la mierda, y oyendo el eco de su propia voz en la habitación, decidió no darle importancia al amor de nadie.

De modo que estaba lejos – creía – de saber quién había intentado desaparecerlo a balazos. Por eso experimento un sentimiento de olvido de aquellos días, hasta que el detective de inteligencia lo llamo para ponerlo al tanto de los adelantos en la investigación.

Fue cuando por vez primera se dio cuenta que podría conocer a su agresor. Se sorprendió de modo consiente, cuando su amigo le iba indicando los acontecimientos y noto lo cerca que estaba aquel hombre, con sus adelantos científicos, de mostrar detrás de un vidrio quien había accionado el arma.

Inundado con el fulgor de la curiosidad comprendió entonces que lo habían seguido ese día, y también, desde esta mañana al salir de su apartamento a la oficina.

Una silueta se filtraba a través de cada esquina mientras el chofer trataba de adelantar vehículos en aquel mar de coches y motocicletas.

– También lo he visto – le dijo el guardaespaldas quien iba sentado de copiloto –.

Anthony calculo cuantas calles faltaban para llegar a su oficina y dio la orden al chofer de desviarse hasta la comisaria donde esperaron dos horas y salieron en un automóvil diferente para persuadir a quien los acechaba.

Todavía con la embriaguez de ser perseguido llego a su oficina y trabajo hasta el amanecer. Su guardaespaldas temía que fuesen atacados al salir. Abrió su directorio en el teléfono y contacto dos personas que los escoltaron hasta el edificio donde vivía Anthony.

– Los machos no atacan por la espalda – dijo – ojalá se pongan al frente y vuelvan a disparar si quieren. Se desvaneció su desamor y creció la intriga por la pseudociencia que pretendía describir la personalidad del individuo y determinar cuáles eran las características del carácter, del equilibrio mental y fisiológico de su atacante. Cuál era la naturaleza de sus emociones, si era inteligente, todo esto mediante el examen de la escritura.

Anecdótico o no, esto podría ayudarle con estudios de la nota que le habían dejado y confirmar la validez de las afirmaciones que el detective ya estaba aflorando, sumando estudios de caligrafía forense o peritaje caligráfico, todo para comparar los escritos. El detective sabía que esto era aceptado judicialmente con fines periciales.

También el investigador analizo las manchas de sangre en la ropa de Anthon y documento todo.

>> No tenía tiempo que perder, su amigo nuevamente estaba siendo perseguido y necesitaba la descripción de la nota.

El detective sabía, que esto era serio y no podía perder el norte aceptando ir a una firma de autógrafos de una escritora revelación del año. Pero su hija quería el libro autografiado e insistió diciendo que de seguro no tardaría.

Acepto con disgusto, se dirigió a la librería, empezó hacer la fila y la gente se amontonaba para recibir la firma de la escritora. Al cabo de unos pocos minutos se arrepintió de decir si, cuando debía decir no, pero su hija era lo más importante para él. Comenzó a impacientarse, veía todo el mundo alborotado por la compra del libro. Tiempo después llego su turno.

– Cual es su nombre – pregunto la escritora –.

– Por favor hágalo con el nombre de Annie – contesto el detective – es mi hija.

Salió del lugar y se dirigió al laboratorio, llevaba el libro en la mano, cuando se dio cuenta, no quería devolverse hasta el coche para guardarlo. Saludo a los agentes especiales quienes le acompañaban en la investigación del caso.

– Ya tenemos treinta personas en la lista – le comunico uno de ellos –.

El detective dejo el libro sobre el escritorio mientras echaba un vistazo a la lista.

– Debemos presentarlos mañana para que el señor Anthony venga a ver si identifica la voz o reconoce a uno de ellos, lo han estado siguiendo – dijo –.

El otro investigador, tomo el libro, leyó el título y lo abrió para ojearlo, inmediatamente vio el saludo para Annie y la firma de la escritora.

– Esta letra se parece mucho a la que estamos analizando ¿de dónde lo sacaste? – dijo –.

Todos dieron la vuelta y revisaron cuidadosamente el escrito.

– ¡Verifíquenla! – dijo el detective –. Rápidamente todos empezaron a fotocopiarlo y hacerle los estudios de rigor.

Al día siguiente, muy temprano, el detective llego al apartamento de Anthony para que este lo acompañara hasta la comisaría para identificar el posible agresor.

Detrás del vidrio Anthony quedo sin aliento, empezó a sudar, estaba impaciente.

Estas son las personas – dijo el detective – que hemos estado investigando.

El siguió sudando de forma extraña y pregunto ¿quién es la última chica a la derecha?

– Es una escritora – respondió el detective – se llama Violeta ¿la conoce?
Anthony supo que la nota había sido escrita por ella, pero no tuvo el valor de señalarla, ya le había hecho mucho daño.

– ¡No la conozco! – contesto –.

— Ernest toma un trago.

— Debes llamarme papá, no Ernest ¿cuándo vas a aprender? Desde pequeño he estado enseñándote esto. Siempre fuiste un niño inteligente, con cualidades importantes, pero tu experiencia en el amor te ha obsesionado con la idea de que, el no ser correspondido, te hace daño, te perturba, no eres capaz de aceptar la realidad.

Violeta no estaba feliz contigo, debiste dejarla ir, el amor a veces necesita volar libre, sin ataduras. Lo de Daniels fue más allá de celos, venganza. Y eso significa que no fuiste capaz de demostrarle el amor que sentías, dejaste que el odio tomara lugar, dañaste a quien amabas y ella sufrió. Tampoco soy capaz de creer que no sabías que Cristina era amiga de Violeta, también sufrió.

Durante toda tu vida, aún me asombra la verdad, en lo más profundo de tu ser permanece un tenue misterio por la búsqueda de lo nuevo.

Pequeñas cosas que destruyen por completo lo espiritual, corren al exterior sentimientos oscuros al no ser querido, comprendido y eres fácilmente esclavizado, reclutado por el deseo de dañar a la gente. Pequeñas cosas que destruyen por completo lo espiritual, corren al exterior sentimientos oscuros al no ser querido, comprendido y eres fácilmente esclavizado, reclutado por el deseo de destruir a la gente.

Esa rebeldía debe convertirse en perdón, entonces podrás obligarte aceptar una determinada decisión que otra persona – a quien no puedes controlar – escoja. Este es el anhelo de tu padre, escúchame Anthony, quiero que sigas tu propio camino de acuerdo con ideales y principios fundados en la razón. Perdona y pide perdón. Guarda tus deseos más íntimos al amor, al comportamiento y sofoca tu capacidad de dañar. Con todo tu corazón disfruta de la vida, expándete, crea, une inteligencia y alegrías.

Es inherente, de nacimiento, llorar para liberar el alma. Felicidad y experiencia son sinónimas porque aprendes cuando te equivocas y eres feliz cuando aprendes. Deduce lo que Esther quiso enseñarte y practícalo, interiorízalo.

Es un privilegio ser consciente de tus decisiones, de lo que está bien y lo que está mal, percibe la realidad, reconócete en ella. Mantén un conocimiento crítico y reflexivo. Se delicado y duro contigo mismo. No eres invulnerable, puedes ser atacado desde afuera hasta tu interior, pero ábrete, crece, fluye, mantente vivo y constante ante las falsedades de la sociedad y las relaciones, no obsequies tu alma, profundiza dentro de ella. Primum vivere, deinde philosophari (Primero vivir, luego filosofar).

Tiempo después, Violeta acordó reunirse con sus amigos para planificar una venganza contra Anthony.

Cristina prefirió no participar. Clara y Andrés se sumaron a la locura de desarrollar un plan que realmente funcionara. La oscuridad cayó sobre sus almas y el mal se hiso dueño de sus pensamientos.

Empezaron a anticipar el futuro. Consideraron todas las jugadas a las que Anthony podía recurrir para salvaguardarse. Su odio estaba orientado a suponer que esta venganza continuaría cada día hasta lograr el objetivo. Sin sospechar que el vaivén del amor los iba a envolver.

El plan se vislumbró inmediatamente aplicable: Violeta usaría el dinero de la venta de su libro para transformarse en un quirófano, convertirse en una mujer distinta para conquistar a Anthony y después destruirlo.

El camino estaba dibujado, solo hacía falta recorrerlo. Era creativo y táctico, loco y estratégico. Con decisiones diarias que debían implementarse apropiadamente. Un solo objetivo, varias acciones para acabarlo.

Su miopía de un objetivo libelo, de una venganza injuriosa, estaría lejos de restaurar sus heridas. Aunque Anthony sufriera lo mismo que ella, y el dolor que causo fuese devuelto exponencialmente, ese acto de infligir conta él no asegura que jamás lo volverá hacer, o peor aún, esperar placer por verlo con un daño, reclamando justicia para liberarse del dolor.

Peleas y deudas de sangre, asesinato, invocando justa venganza. "Saludable la liberación del dolor" decía Violeta al darle vueltas a su plan.

Mientras tanto Anthony seguía con su vida. Ya habían pasado dos años desde aquel encuentro en la comisaria. Casado, dedicado a su profesión y la política, considerado una persona de altura entre la sociedad.

Recibió una tarde la llamada de la Srita. Samantha de la Hoz, empresaria, solicitando su presencia en una reunión de alto nivel en una constructora famosa de la ciudad.

Él acepto con agrado la cita, era un imponente proyecto que lo elevaría profesionalmente.

Adriana, su esposa, vivía dedicada a su matrimonio y a su hogar. Solo hasta ese día fue feliz, cuando el majestuoso proyecto y la Srita. Samantha, invadieron sus vidas.

El día esperado, la ropa adecuada, el impresionante vehículo que uso Samantha para llegar al encuentro con Anthony y la firme decisión de venganza.

Él, inocente e impaciente, empezó a conocer aquella despampanante mujer. Inteligente, culta, quien se involucró de lleno en sus actividades diarias, en sus pequeños proyectos de construcción y en su vida privada.

Con sentido del humor, aventurera, a quien también le gusta la cerveza y el vodka. Independiente, caprichosa, sin seguir los estándares de la belleza impuestos por esta sociedad, se vestía como quería, la moda le valía nada. Fiel a sí misma, sin miedos.

Anthony quedo deslumbrado, atraído, "idiotizado", según expresiones de Adriana, al ver como su matrimonio se consumía en peleas y disgustos a causa de la fiebre del proyecto que asumió él con tanta fantasía y dedicación.

Ella concertó citas con un Psicólogo para recuperar su matrimonio, Anthony nunca se presentó. Siempre quedaba sola escuchando los consejos de Artur, un joven psicólogo de aspecto suramericano, varonil y romántico.

Después de la cuarta cita ya no hablaban del matrimonio, hablaban de ellos. A Anthony le importo poco que su esposa dejara de estar en casa. En realidad, era raro que notara su ausencia.

Samantha ocupo todo el tiempo de Anthony, fueron vistos en el Radisson Blue Style, en el Gran Ferdinand, en la plaza de los Héroes. Se besaban en la zona del antiguo foro romano. Se paraban frente al Anker para contemplarse.

Hacían el amor sobre un lecho de flores, soñando ser capturados por la magia de Klimt en un óleo con laminillas de oro y estaño. Brindando con una copa de Riesling, directamente de la bodega Esterházy.

El tiempo transcurrió de tal manera que ya no podían estar separados.

Era el momento preciso para el asesinato premeditado, rigurosamente planificado. Pero con una pregunta que le pone freno y ralentiza el tiempo ¿después de su muerte acabare yo sin dolor? ¿asesinarlo es propicio para castigar su falta?

Samantha, tomo la copa de vino de Anthony, vacío la sustancia química dentro, espero sentada frente a él que lo planeado fuese aplicado. No era necesaria una muerte trágica y violenta. Pero sentía un dolor por dentro más fuerte del que había encausado la venganza. Se había enamorado. Él había aprendido hacer el amor y a tener sexo. O quizás en aquel tiempo ella no se había dado la oportunidad de verlo con otros ojos. Las discusiones tal vez entorpecían el sublime momento de la entrega.

Ahora tendría segundos para decidir si viviría con el dolor de la muerte y la venganza, con la culpa. O diría la verdad sobre su identidad y se mostraría como Violeta. Sus amigos quedarían aislados, porque su venganza los invito a participar y ella ahora los estaba sacando del juego.

Él levanto la copa. Ella observo el reloj, sabía que no le daría tiempo de llamar a la ambulancia y salvarlo si se arrepentía. ¿el amor o la venganza? Solo segundos para decidir.

Mostrarse como Violeta sería dejarlo vivo, pero sin tenerlo. "Si seguirá vivo será para mí", pensaba. Al primer sorbo de vino, ella grito un fuerte Te Amo, el retiro la copa de su boca. Y ella pensó vivir para siempre como Samantha. Pero prefirió desnudar su verdad.

Volvimos a saber poco de Violeta. Supuse que la venganza y el plan habían tenido éxito. Aunque descubrí poco después que, en el juego del amor, la venganza, no es la mejor opción. El vaivén del amor podría enredarte en sus redes. No era necesario imaginar una muerte terrorífica, ni contar toda una historia de sangre y violencia, cuando Violeta un día antes de verse con Anthony me confeso que se había enamorado de él. Le pregunte si desistirá del plan. No hubo respuesta.

Meses después veía por televisión a Anthony ganar la presidencia de la república, recordé la conversación de Daniels con Violeta, pidiéndole perdón por haber aceptado el trato y separarla de Axel. Desde ese momento ella se imaginó la venganza, el dolor, la ira. Se imagino tantas cosas…

Pero al final perdono sus errores, las equivocaciones de los demás. Las faltas de la gente a quien ella quería y no valoraron sus sentimientos. Abrigo la definición del amor. Y empezó hacer obras del bien. "Que sea el ser supremo quien juzgue, porque yo soy igual de humana que vos" se le escucho decir por última vez.

Si queremos que nuestra familia se una, debemos afrontar los conflictos juntos y tomar decisiones. ¿Puede la pareja transformar los problemas en acciones de autoayuda? Claro que sí. ¿Cada vez que resolvemos un problema qué pasa? Aprendemos. Debemos dejar de ver enemigos por todos lados, convirtamos a esas personas en cooperadores e invitémoslos a negociar. Apartémonos del juego del poder y la intimidación. Cambiemos la situación difícil por una solución de ganancia mutua, es fácil solo hay que escuchar.

Al discutir con nuestras parejas démonos tiempo para respirar y pensar cada vez que sintamos que está aumentando el momento crítico. "Los buenos actos demuestran amor", sabemos muy bien de donde viene esto. Pero seguimos asociando las emociones con el amor, puedo percibir automáticamente que se refiere a comportarse de una manera determinada. En los escritos, Ágape, es el tipo de amor del creador para los creados.

"Al bueno es fácil quererlo, al malo que ni se les ocurra". Escucho decir a cada rato.

¿A que jugamos? ¿cómo hacer lo correcto? Aferrémonos al amor de la elección. Los sentimientos resultan de las emociones que determinan el estado de ánimo. Las causas de estas emociones pueden cambiar y afectar decisiones racionales.

Podemos decir que amamos a alguien. Podemos sentirlo. Pero sino lo demostramos a través de nuestro comportamiento estamos usando las definiciones equivocadas.

Amarse no es un delito. Todos podemos amarnos. Solo tenemos que actuar. El respeto, tratar a una persona consideradamente, es un acto, no una emoción.

"Amar al prójimo" ¿cómo podríamos obligarnos a sentir algo bueno por todos? O, dicho de otra manera, con una mala definición del amor, los creyentes, no estarían obedeciendo ni aplicando lo que profesan.

La mayoría de las parejas se separan mientras están juntas, es decir, físicamente se encuentran en la misma casa, incluso en la misa cama, pero, a nivel social desde hace tiempo ni se cuentan nada, algunos ni se hablan o se dan respuestas dicotómicas: si, no. Suelta tu pasado, o vivirás con el peso de lo que no fue, arruinando lo que debería ser. Ponle punto final o seguirás abriendo paréntesis para justificar y aclarar indecisiones. Para incorporar alguna cosa que falta tratando, estúpidamente, de interrumpir los hechos.

Has ido demasiado lejos, asume las consecuencias de la separación, uno u otro, tal vez ambos, han comenzado a alejarse.

Redefínete, cúrate, y dale paso a un nuevo comienzo. Y por favor, no cometas el error de hurgar en el pasado de tu próxima pareja intentando descubrir sus secretos. Lo que fue en ese tiempo quizás no lo define en el presente, conócelo, pero no le des chance al tedio.

Es factible sugerir cambios a la pareja, eso de que "el que me va a querer, tiene que aceptarme como soy" es una de las más grandes expresiones de mediocridad. Y lo peor es que es usada en exceso por las personas. Intentando mostrar una posición de supremacía o tal vez de efímera seguridad.

Si vas a seguir siendo el mismo de antes, no te divorcies. Sigue fingiendo felicidad al salir y cállate cuando cierres la puerta de tu casa al entrar.

Escoge, principalmente, aquella persona que te sugiere cambiar y mejorar, que te invita a innovarte.

Mi nombre es Andrés, y estuve allí mientras sucedió todo esto. Claramente entendí las cosas del amor. Sus causas y consecuencias.

Las equivocaciones de muchas personas se basan en sus propias decisiones, las cuales son dirigidas por sus emociones. Si sigues arrastrando tu pasado te será difícil adquirir experiencias, vivirás tras la huella de aquello que no pudo ser.

La autoayuda significa que tu aceptas que estas cometiendo un error, que estas fallando en algo y debes obligarte a corregirlo. Entonces, siéntate y piensa lo que paso en tu ultima relación, perdónate y perdona, y por favor se libre.

Sigo escribiendo sobre esto, veo desde mi silla dos botellas de vodka vacías y dos en la mesa. Escucho música y reflexiono sobre lo que paso.

Recuero que…

Suena mi puerta, y oigo grandes gritos escalofriantes.

– ¡Ábrenos, ábrenos, por favor!

Clara y Cristina entran corriendo al baño.

Que rayos hacen ustedes aquí, invaden mi espacio, debo escribir.

– Si, pues escribirás con nosotras aquí.

No me queda mas nada que aceptar servirles un trago. Vuelvo y me siento en el balcón de mi apartamento.

El circulo repetitivo de ir a trabajar y volver a casa acaba con todo. Destruye por favor la monotonía y encausa tus emociones. Porque solo sentir nuevas emociones no es bueno, si se une rutina y emociones nuevas de otra persona, acabaras metido en un lio de tres.

Los celos se pueden cambiar, habla con tu pareja escúchala y hazle entender que se está equivocando, pero hazlo a tiempo, invítalo a conversar y a resolver el problema. Quedara de su parte si te escucha o no, y tú, sabrás que decidir antes de que sea tarde.

¿De verdad hemos aprendido a decir no, a las tentaciones? ¿Cuántos problemas nos ahorraríamos?

Cuando empecemos a creer que somos los únicos que estamos dando todo por la relación, debemos tener cuidado de no tomar decisiones precipitadas, no todos profesamos el amor que sentimos, y no todos actuamos igual. ¿Se han dado cuenta de que muchas personas repiten verdaderas leyes de vida, pero no las practican? Por eso es importante escuchar primero a la otra persona, no sea que estemos cometiendo el error nosotros y no ellos.

Las personas siguen culpando al destino, a la mala suerte, a Dios, a la brujería, a la envidia, a todos menos a ellos mismos de sus frustradas relaciones, pero no se detienen a pensar que han estado escogiendo el mismo patrón, el mismo molde de pareja, y por lo tanto las mismas equivocaciones.

— ¿Qué fue lo que te gusto más a ti, Clara?

— La historia de Levit y Angela me parece la mas acertada y me gustaba como resolvían sus problemas, con vino y sexo, me encantaba que ninguno era cerebro o corazón, sino que los dos eran lógicos e intuitivos, era maravilloso.
Cristina se ha tomado media botella ella sola. Yo estoy cerrando el final del libro. Miro la cantidad de páginas y de palabras, tomo un trago, Clara me hace una seña desde el cuarto, veo que está acomodando la cama.

Cristina se le une, y me doy cuenta de que se llevaron las botellas.

Se han desnudado, ninguna de las dos es lesbiana, pero el momento incurre y apoya las emociones.

La desnudes causa curiosidad y llama la atención, ella le hace caso, pero no viene sola, trae consigo a la imaginación y esta invita a las emociones, juntas invaden el entorno de la razón que se ve vulnerada ante el éxtasis, agobiada por el vaivén del amor, torturada por el frenesí y la adrenalina, y obligada a decidir, si participa o escapa.

Me separo del teclado, y busco una de las botellas. De repente suena la puerta y ellas dejan entrar a uno de nuestros amigos.

Yo sigo frente al computador, ahora no se si escribir o detallar lo que están haciendo. Veo que ambas se han acostado en la cama. Él se acercó a una y la acaricio, a la otra le presto la botella. Su clítoris esta entre sus dientes y se extiende como chicle y se encoge como resorte. Ellas sentían un poco de vergüenza, pero los tres en la cama es algo divertido. Responden al placer, igual mañana todos seguiremos siendo los mismos amigos porque sabemos cuando vivir emociones, disfrutar de los sentimientos, y comportarnos con amor. Ambas empezaron a desnudarlo y a tocar su pene, sus lenguas se juntan y se tocan en su glande. Él ve sus nalgas, sus senos y se excita aún más.

Las desea a las dos, disfruta de ambas, ellas abren sus piernas y empiezan a tocarse con sus dedos mientras muerden sus testículos. Yo me agito y me tomo un trago.

Cambian de posición, él saca de su mochila dos vibradores y caigo en cuenta que yo era el único que no sabia de esto. Empieza a pasárselo por sus clítoris. Los introduce y los saca de su vagina, y ellas le piden que lo deje dentro. Empiezan los gemidos y las dos se toman de las manos.

Todo se ve delicioso, la respiración, aceleración, los gemidos, el morbo que causa escribir y ver. Empezaron a sudar de más y están conscientes de lo que hacen, por eso lo disfrutan tanto.

Sus expresiones son de euforia, ellas disfrutan lo que sienten. El juego las emociona, tiemblan de lujuria, y se instaura en ellas un fuego al que llaman rico mientras se encorvan de placer.

Él sigue estimulándolas, lamiendo sus senos casi al mismo tiempo, ellas se dejan poseer. Me miran a los ojos y me invitan al juego, pero yo debo terminar el libro, debo darle punto final.

Veo que saca dos cuerdas y las ata a la cama, de nuevo me hace señas para que participe. Yo hundo en mi garganta un gran trago y empiezo a borrar cada vez más palabras, las manos me tiemblan y marco las teclas erradamente. Él está acariciando sus muslos y untando el aceite, les a tapado los ojos, y a dejado el vibrador dentro de ellas a velocidad mínima.

Enloquecían con la vibración, el placer las hacia moverse involuntariamente, yo las escuchaba y no podía controlar mi mirada, mi libido me estaba acosando.

Él se muestra dominante ante ellas, esta arrancando todo su pudor. Devora sus cuerpos. De nuevo ellas muestran desesperación, se mueven de un lado a otro, sudan, gimen e intentan soltarse.

La escena parece pornográfica y poética, erótica desde mi punto de vista ya que estoy de espectador. Aumenta la intensidad de los juguetes, escucho como lloran de placer y él sigue con su ceremonia de esparcir aceite y tocarlas.

La tortura para ellas es gozosa. No hay prohibición, ni censura. Se desborda la intimidad y mi imaginación vuela al ver aquello. Pienso en el coito y el intenso problema de hacerlas acabar a las dos al mismo tiempo. Todo esto es placentero.

Deseo participar, el editor está destrozando mi móvil, se conecta en vivo a través del internet, solo tenía plazo hasta hoy para entregar el manuscrito.

Me desnudo, abro el chat, coloco la laptop frente a nosotros y le escribo al editor:

– Termínalo por mi…

"Cuando hablo de amar, me estoy refiriendo a un verbo que describe un comportamiento y no a un sustantivo, que describe sentimientos".

James C. Hunter.

Un día simplemente durmiendo desperté con la maravillosa locura de escribir lo que mi mente desesperada ya no podía guardar más. Encendí mi computadora personal, el procesador de texto ilumino la pantalla y después del primer párrafo ya no pude parar hasta el día de hoy.

Fui inspirado en casa a leer, mi madre compraba libros de diferentes temáticas. Aprovecho para agradecer a todo aquel que se ha atrevido a escribir algo.

Este libro surgió de la lectura. Un día, mientras buscaba información para dar un taller sobre liderazgo en la institución donde trabajaba, me tropecé con la obra fantástica de James C. Hunter.

De inmediato subraye la definición de amor. Tiempo después, retome aquel párrafo y lo estudie a fondo, y me di cuenta de que teníamos mucho en común aquel escrito y yo. Releí muchas veces el capítulo.

Creo Hunter, ni se imaginará lo importante que es para mí su libro.

Estudie muchos temas referentes al mismo y la temática del cual quería escribir. Lástima que en internet muchas personas solo copian y pegan texto y cambian de autor. Es difícil saber a quién ofrecerle mi gratitud.

Me pasa que, cuando leo algo que me gusta y encuentro algún principio, teoría o hipótesis, investigo sobre el tema. Y si el principio me parece adaptable, lo interiorizo por un mes. Si me da los resultados que espero. Lo adopto. Lo hago mío.

Si hay algo del libro que ofende la propiedad intelectual de alguien por favor discúlpeme, hágamelo saber y corregiremos el error, cuando hay información interesante de algún libro, ensayo o publicación, generalmente empiezo a darle una publicidad feroz. Solo porque me gusta que las personas puedan tener la misma oportunidad que yo de aprender.

Es un conocimiento que se incrusta en mi mente. Y lo expreso de mil maneras. Mi cerebro se llena de información y siento que debo comunicar las ideas que se han creado.

Distintos borradores se prepararon hasta el final de este libro. Mucho que agradecer, aprender. Y de aquí en adelante, mucho que crear.

Diego A. Luzardo A.

Este libro se terminó de editar
en el mes de septiembre del 2018

Diego Luzardo

El juego de la seducción es una constante entre los seres humanos, la mujer busca emociones, el hombre aventuras.

¿Dónde se encuentra la felicidad? Una pregunta que te invita a indagar en tus pensamientos, a profundizar en esa lucha épica entre la razón y los sentimientos.

"No siempre el que ama, es amado". ¿Nos hemos preguntado alguna vez, si realmente sabemos qué es el amor?

Diego Luzardo, reconocido escritor venezolano, nos presenta su segunda novela, llena de una narrativa diferente, que te involucrara en una profunda imaginación.